Josephine

LUIS SALVAGO

Josephine

Galaxia Gutenberg

Galaxia Gutenberg,
Premio Todostuslibros al Mejor Proyecto Editorial, 2023,
otorgado por CEGAL (Confederación Española de Gremios
y Asociaciones de Libreros).

La presente obra ha ganado el XXVI PREMIO TIFLOS DE NOVELA, convocado por la
ONCE, otorgado por un jurado presidido por D. Andrés Ramos Vázquez, vicepresidido
por D. Ángel Luis Gómez Blázquez y D.ª Imelda Fernández Rodríguez y compuesto por
D. Luis Mateo Díez Rodríguez, D. Ángel García López, D. Manuel Longares Alonso,
D. Luis Alberto de Cuenca Prado, D.ª Fanny Rubio Gámez, D. Ángel Basanta Folgueira,
D. Santos Sanz Villanueva, D. Ángel Luis Prieto de Paula, D.ª María Ángeles Pérez
López, D.ª Care Santos Torres, D.ª Pilar Adón, D. José Ovejero Lafarga, D.ª Penélope
Acero Cayuela, D.ª Christian Linares del Castillo-Valero, D. Joan Tarrida Planas y
D. Francisco José Maldonado Aguilar, en su calidad de secretario del jurado.

Publicado por
Galaxia Gutenberg, S.L.
Av. Diagonal, 361, 2.º 1.ª
08037-Barcelona
info@galaxiagutenberg.com
www.galaxiagutenberg.com

Primera edición: mayo de 2024

Preimpresión: Fotocomposición gama, sl
Impresión y encuadernación: Sagrafic
Depósito legal: B 5259-2024
ISBN: 978-84-19738-98-1

A quienes vivieron el sueño de Tánger.

Soy una mentira que dice siempre la verdad.

JEAN COCTEAU

Vivimos igual que soñamos: solos.

El corazón de las tinieblas,
JOSEPH CONRAD

Cuando Josephine Perkins despertó una mañana después de un sueño agitado, se encontró en su cama con un desconocido. En su dormitorio, poblado de sombras, ángulos y formas imprecisas que daban juego a la imaginación, aquella figura no era más que un contorno sinuoso que subía y bajaba con un ritmo lento y pausado.

No fue hasta que un automóvil atravesó la calle de parte a parte cuando vio a la tenue luz de los faros que el hombre la miraba con los ojos entrecerrados. Su cuerpo grave y desnudo se tendía con la cabeza hendida en la almohada, tan cerca de ella que podía incluso sentir el cálido flujo de su respiración.

En un fugaz movimiento, Josephine se restregó los ojos como si emergiera de un fondo de agua. Aguzó la vista con el fin de descartar que continuara soñando. Pero no. Sus ojos no la engañaban. Estaba plenamente despierta y el hombre seguía allí, con su torso desnudo y los brazos cruzados sobre el pecho. No estaba segura de si la miraba porque, de haberse dado el caso, ya le habría hecho algún gesto; le habría dicho una palabra, un saludo, al menos. Es posible que le hubiera explicado qué era lo que hacía allí, en su casa, en una cama que no era suya. Fuera como fuese, concluyó que lo mejor que podía hacer era comprobar con sus propios dedos que, en efecto, aquel cuerpo era real.

De modo que acercó una mano. Con cautela, pero con determinación, acarició su angosto cuello, el anguloso mentón, pasó por encima del rostro sin apenas rozarlo y, una vez en la frente, se detuvo con un dedo en el centro, como si pretendiera extraer las intenciones de aquel hombre del fondo de su cerebro. Se preguntó si debía hablarle, hacerle alguna pregunta que aclarara la situación: quién era, cómo se llamaba, cómo había ido a parar a su cama. Pero sintió cierta aprensión cuando pensó que, si en realidad aquello era un sueño, la avergonzaría escuchar su propia voz hablando a la nada.

Retiró la mano y se esforzó en rememorar con todo detalle lo que había hecho el día anterior. Tal vez hubiera bebido demasiado alcohol durante la cena, o la comida estuviera excesivamente especiada, o incluso hubiera consumido alguna sustancia que le provocara un efecto imprevisto, por ejemplo, kif.

Pero Josephine se consideraba a sí misma una mujer sensata, firme en los momentos que requerían fortaleza. No soportaba perder la consciencia, el albedrío de su voluntad, y menos aún el dominio sobre sí misma, por lo que dudaba mucho de que, aunque fuera por una única noche, se hubiera dejado llevar por un exceso de frenesí. En cualquier caso, lo cierto era que no recordaba nada. Por más que lo intentó le resultó imposible averiguar con exactitud qué era lo que había hecho. Si se había quedado en casa, si volvía de un viaje a la Península, si se había visto con alguien, tal vez un hombre...

Si esto último era cierto, tampoco podía asegurar que ese hombre fuera el que en ese momento dormía en su cama. Lo poco que había visto de él era suficiente para convencerse de que no lo conocía de nada. No lo había visto en toda su vida.

Miró al ventanal. Por la claridad que se filtraba por las ranuras de la persiana, calculó que estaba a punto de amanecer. Cuando la luz le diera en los ojos y lo despertase, todo se aclararía. Hasta entonces, debía pensar en la forma más apropiada de decirle que se marchara y pedirle, más bien exigirle, que guardase un absoluto silencio respecto a lo sucedido. No soportaba los escándalos, y menos aún las habladurías sin fundamento. Si un desconocido había dormido en su casa sin su permiso era un asunto que no concernía a nadie, excepto a ella. Mientras pensaba, se entretenía en los objetos que emergían en las paredes con la luz del amanecer, en los escasos muebles, en la lámpara, en un cuadro colgado a los pies de la cama, de colores pastel, que aun oscurecidos resaltaban en la sombra con una apagada tonalidad. Por su contenido y su aspecto, la escena parecía representar la habitación de un hotel, con una cama de madera oscura, un aparador alto, un sillón verde, un par de maletas cerradas y un papel de color blanco que destacaba sobre un suelo verdoso. No recordaba bien ese cuadro; sin embargo, juraría que conocía la habitación de ese hotel. Aquella cama de madera, las paredes blancas, ese suelo verdoso en el que –creía recordar– una vez sintió un cosquilleo de hierba cuando lo recorrió sin zapatos.

Con todo, era improbable que una imagen recreada en un cuadro coincidiera exactamente con un recuerdo vivido por alguien ajeno al pintor. Decidió, por tanto, que en lugar de darle vueltas a la cabeza era mejor levantarse como si lo ocurrido no fuera más que una escena de un sueño, el residuo de una imagen que en poco tiempo se desvanecería.

Apartó suavemente las sábanas con el fin de no molestarlo. Se cubrió con la bata y entró al baño. Después de orinar, se aclaró la vista con agua y se miró al espejo con detenimiento. Tenía los ojos algo hinchados, una sutil marca de almohada en el pómulo derecho. Por lo demás, apreció su aspecto cuidado, unos labios rosados, la tersa suavidad de su joven piel. Se acarició las mejillas con las dos manos. Apenas se había despeinado. Se cepilló por encima, lo justo para alisar el pelo y asegurar el recogido que sí recordaba haberse hecho el día anterior. «Algo demodé», le dijo alguien en alguna ocasión. Poco le importó esa apreciación que calificó de subjetiva. Le gustaba su peinado porque realzaba su cuello, la parte de su cuerpo de la que más satisfecha se sentía. Fijándose con más atención, se encontró un tanto pálida. Por un momento, consideró darse algo de color en la cara, al menos para ofrecer un aspecto más saludable. Pero, cuando fue a buscar la bolsa de pinturas en la habitación, se dio cuenta de que no sabía dónde estaba. Volvió al baño. Abrió una de las tres puertas del pequeño armario con espejos sobre el lavabo y la encontró. Hurgó con los dedos y sacó una esponjilla, pero antes de empezar a darse algo de color pensó que era ridículo mejorar su aspecto sólo para que la contemplara un individuo que no conocía de nada. Lo más probable era que en cuanto se despertara se marchara de su casa y no volviera a verlo nunca más. Guardó la bolsa. Se humedeció de nuevo el rostro, se secó suavemente con la toalla y entró en la cocina para hacerse un café.

Le gustaba escuchar la radio mientras desayunaba. Radio Tánger. Esperaba que de un momento a otro pudiese escuchar a Jean Sablon, aquella voz suave y masculina. Es más, esperaba escuchar una canción en especial: *J'attendrai*. No había vez que no conectara la radio y no sonase, pero aquello suponía que antes debía oír otra música que en modo alguno era capaz de entender. Sin duda, si tuviera algún aparato conectado a internet le resultaría más fácil sintonizar alguna emisora norteamericana, o incluso española, pero a Josephine le encantaba todo aquello que estaba en desuso, todo aquello que era algo *démodé*.

Puso al fuego la cafetera italiana y esperó a que el café empezara a salir. Se sentó a la mesa, se encendió un cigarrillo y trató de poner en orden sus pensamientos. Ya que le era imposible recordar, decidió emplear la lógica. Podía ser que, en contra de lo que ella creía, sí conociera a ese hombre. Podía ser que lo hubiera olvidado, como había olvidado dónde estaba la bolsa de las pinturas y el cuadro colgado en la pared de la habitación. Incluso podía ser que el desconocido no fuera tal, que fuera su propio marido. «Dios mío», musitó, llevándose las manos a los labios con el cigarrillo entre los dedos.

El café comenzó a borbotear en la cafetera.

Por más que lo intentaba no conseguía averiguar qué le estaba pasando. ¿Era posible que todo su mundo se hubiera borrado de un día para otro? Si así fuera, ¿quién era ella ahora? ¿Podía seguir llamándose Josephine Perkins? «Imposible», volvió a decir en voz alta sin importarle que el desconocido pudiera escucharla. Debía de estar pasando por uno de esos momentos críticos que aparecen de vez en cuando en la vida, una crisis nerviosa, una debilidad momentánea que en unas horas habría de remitir. «Cabal, cabal», se dijo a sí misma. Ella era una mujer cabal, y si las circunstancias la habían llevado hasta el extremo de no reconocerse, lo que debía hacer era dejarse llevar, comportarse como si, en efecto, fuera dueña de la situación.

Se sirvió un café solo, sin azúcar, y paseó con el plato y la taza en una mano y el cigarrillo en la otra. Había amanecido del todo y las cortinas abiertas dejaban entrar la fría luz invernal. Los ruidos de estiba golpeaban el aire desde primera hora; Josephine ya se había acostumbrado a ellos. Podría decir que ya ni siquiera los oía, formaban parte del mismo paisaje sonoro al igual que el graznido de las gaviotas o las llamadas de los almuecines a la oración. De cada pared del salón colgaba algún cuadro, siempre los mismos colores, las mismas escenas de interiores, bares medio cerrados, habitaciones abruptamente iluminadas, una gasolinera, la recepción de un hotel y, como escena más representativa, una expresión notoria de la soledad. Mujeres que miran, mujeres que piensan, viejos con las manos en las rodillas, en actitud reflexiva, en actitud expectante.

Se detuvo frente a uno de los cuadros. Inhaló el humo del cigarrillo, lo expulsó y siguió con la vista su desvanecimiento en el aire. En cualquier momento el desconocido aparecería en la puerta. Ella debía mostrarse resuelta y en ningún caso hacer una pregunta indebida que pudiera poner al hombre sobre aviso. De nuevo le vino a la cabeza la peregrina idea de que fuera su marido. En ese caso tal vez esperase que lo recibiera con un abrazo, un beso de buenos días. Sin embargo, no podía atreverse a hacer tal cosa mientras existiera la posibilidad de que fuera un desconocido. Se llevó el cigarrillo a los labios. Fumó. No tenía constancia alguna de que compartiera la cama con un único hombre, como no tenía constancia de una celebración de boda, de unas palabras en un juzgado o en un jardín con restaurante. Era un desconocido en su más pleno sentido.

—¿Aún estás aquí? —dijo una voz que venía del otro lado de la casa.

El hecho de que lo esperase no evitó en modo alguno que se sobresaltase. Josephine aplastó con ahínco la colilla en el plato y, cuando se asomó a la puerta, se dio de bruces con él.

—Buenos días... —respondió con un ligero titubeo.

Fuera quien fuese, no se había vestido para salir. Más bien al contrario, se había puesto ropa de estar por casa, un pantalón de chándal y una camiseta negra con el dibujo de un conejo estrábico cuyo ojo izquierdo formaba la «o» de la palabra *asshole*.

A Josephine le pareció un tanto desagradable aquella expresión, más aún cuando se mostraba en una prenda de ropa que parecía diseñada para usarse en cualquier circunstancia, incluso en la calle. Sin embargo, trató de disimular su turbación y, cuando recuperó de nuevo la templanza, dejó la taza de café en la cocina y le preguntó en el tono más neutro que le fue posible:

—¿Vas a ir a algún sitio?

El hombre arrugó el ceño y dejó en suspenso la cafetera en el aire tras haberse servido café.

—No... —respondió al tiempo que sacudía la cabeza de lado a lado—. Al colegio... Como siempre. Dentro de una hora.

Josephine reconoció de inmediato que había hecho una pregunta ridícula. Decidió guardar un prudencial silencio durante unos minutos y prestó atención a las destrezas del hombre con los utensilios de la cocina, en cuyos ademanes Josephine encontraba una absoluta desenvoltura. Sabía dónde estaba la leche, la llave del gas, cómo funcionaba el microondas, la cantidad de café que podía quedar en la cafetera después de que ella se hubiera servido. Había abierto la puerta exacta donde se guardaba el azúcar y también había sacado una cucharilla de su correspondiente cajón. Sin duda, ese hombre se sentía como en su casa. Siendo así, ¿qué debía hacer ella? Ni siquiera sabía cómo se llamaba. ¿Incluso eso lo había olvidado? Si no quería que él descubriese aquella confusión que sentía era imprescindible averiguar su nombre. En algún momento tendría que usarlo. Pensó que, en lugar de esa ridícula palabra grabada en la camiseta, bien podía haber grabado su nombre. A no ser que justamente fuera ese...

Se sentó junto a la mesa cuidándose de juntar los bordes de la bata al cruzar las piernas. El desconocido, de espaldas a ella, sacó un par de rebanadas de pan de una bolsa y las introdujo en el tostador. Josephine consideraba imperativo conocer su nombre. Si tuviera la ocasión de salir a la puerta de la calle podría leerlo en el cartel junto al timbre. Pero necesitaba una excusa para salir al rellano. Tal vez en alguna carpeta de documentos que había visto en el salón. Podría decir, simplemente, que iba al baño, pero el salón se encontraba en dirección opuesta.

Los silencios eran cada vez más largos, más manifiestos. Llegó un momento en que Radio Tánger no se oía. No sólo porque le gustaba escuchar la radio a bajo volumen, sino porque la música árabe alcanzaba en determinados momentos tal nivel de cadencia que el efecto producido era el de un «silencio sonoro». Si no se le ocurría algo, en cualquier momento todo saldría a la luz. Se sentía tan incómoda que pensó que lo mejor era reconocer que estaba perdida, que, por alguna razón, como una extraña enfermedad o un persistente vahído, se le había borrado la memoria. A punto estuvo de levantarse, acercarse a él y confesarle la verdad, pero justo en ese instante descubrió en el cuenco de la mesa un par de cartas dispuestas entre las piezas de fruta. Una de ellas, una carta de banco con el recuadro translúcido en la que pudo leer un nombre: Abraham Laberni López.

Sintió una especie de alivio, la sensación de que había salido por fin del atolladero. Sin embargo, al mismo tiempo reconoció que ese nombre no le sonaba de nada, ni tampoco los apellidos. Las evidencias se acumulaban una tras otra. Había perdido el registro absoluto de sus recuerdos, las propias huellas de su existencia. Siendo así, ¿podría ser que estuviera enferma, que padeciera de una amnesia pasajera, un delirio, un trastorno de personalidad? Porque, ¿no es acaso acercarse a la locura descubrir que el pasado ha desaparecido?

Josephine sintió un brusco estremecimiento. Ni siquiera estaba segura de que pudiera ponerse de pie. Las fuerzas la habían abandonado, la cabeza le daba vueltas, sus manos se humedecieron con una pátina de sudor. Deseaba salir corriendo de esa casa, de la que tampoco estaba segura de que fuera suya, bajar la Cuesta de la Playa y meterse en la fría agua del mar. Pero eso significaba reconocer su trastorno, darle cuerpo de realidad. Debía sacar fuerzas de donde pudiera, fingir. ¿Era posible fingir? Por supuesto, cualquier escritor de ficción es capaz de fingir. Y ella fingiría tanto como un auténtico personaje de ficción. Se convenció a sí misma de que lo suyo no era más que un trance pasajero que desaparecería en cuanto asumiera los síntomas con una cierta naturalidad.

Sólo necesitaba tiempo.

Abraham había sacado un cuchillo de algún cajón y, con cuidado, colocaba dos pastillas sobre una tabla. Josephine lo miraba con atención y elucubraba sobre las posibles dolencias que podían afectar a un hombre que, a juzgar por su aspecto físico y el modo en que se movía, o incluso por lo vívido de su mirada, no debía de alcanzar los cuarenta años.

Con un ruido seco, el pan saltó de la tostadora.

—Abraham...

El hombre levantó la cabeza y alzó levemente la comisura derecha de la boca.

—¿Sí...?

—Esos son los medicamentos que tomas todos los días... —dijo empleando ese artículo, «los», para indicar que aquello era algo sabido.

—Claro... —respondió él sujetando con fuerza el cuchillo y procurando encontrar una distancia media entre los dos lados de una pastilla—. Ya sabes, los nervios...

Josephine no se atrevió a añadir ninguna otra observación que pudiera dejarla en evidencia. Le parecía que esa respuesta, «los nervios», era propia de alguien que padece algo más grave y usa una palabra de significado semejante con el fin de evitar otra de más funestas resonancias.

—Esto tiene que terminar —dijo Abraham sin dejar de sujetar una pastilla entre las puntas de dos dedos—. Llevo tanto tiempo tomando medicinas que mi cuerpo se ha acostumbrado. Además, ya no me hacen falta...

—¿No te hacen falta?

Abraham negó con la cabeza y añadió:

—Si por mí fuera, hace mucho que habría abandonado el tratamiento, pero supongo que necesita su tiempo —dijo, y levantó los ojos hacia Josephine como si de pronto la hubiera descubierto en la cocina.

Josephine se sintió levemente intimidada. Se dio cuenta de que en ningún momento había pensado en la posibilidad de que no fuera él el intruso. Tal vez fuera ella quien se había adueñado de la casa, se comportaba como si le perteneciera, y se había acostado en la cama de alguien del que no conocía siquiera su nombre. En ese caso, era Abraham, y no ella, quien estaba pasando por ese trance.

Y ya puestos a elucubrar, podía ser que los dos fueran seres perdidos, seres sin memoria que se movían por dentro de una casa extraña procurando ocultar un misterioso olvido.

De pronto, la invadió una súbita simpatía por él. Era cierto que el asunto parecía de ciencia ficción, una de esas alambicadas teorías sostenidas por determinados científicos que aseguraban que, más que el cambio de las estaciones y la incidencia de la luz del sol, lo que más determinaba el comportamiento de los seres humanos era el campo magnético terrestre. Dudó de si tenía algo que ver con las protuberancias solares, los estallidos de magma solar. Una vez leyó en un *Reader's Digest* que las tormentas solares eran poderosas explosiones atómicas que alteraban de forma incuestionable el clima de la atmósfera de la Tierra y, por tanto, el comportamiento de sus habitantes.

Por una parte, la posibilidad de que esa fuera la consecuencia de su enfermedad la estremeció. Por otra, sintió un cierto arrebato místico ante el hecho de vivir una experiencia determinada por un poder cósmico, una energía de dimensiones colosales que tanto incitaba a la germinación de una semilla como inducía a la atracción física entre dos personas. Porque eso era lo que sentía por el desconocido: una sintonía inaudita que escapaba a su propia comprensión. La atraía su barba incipiente y oscura, la sobriedad de sus rasgos, un punto de ensoñación en la mirada que le daba juego para imaginar las más ingeniosas fantasías. Incluso sus manos, de huesos recios y fuertes nudillos, se le antojaban como el ideal perfecto de las manos de un hombre.

Tan ensimismada estaba Josephine en la elaboración de su teoría que no había advertido que Abraham ya había terminado de desayunar y la observaba complaciente desde el otro lado de la mesa, una mano sobre el dorso de la otra.

–Hace algo de frío...

–Sí –dijo ella comprobando con los dedos que el recogido permanecía en su sitio.

–Me gusta tu pelo.

Josephine sonrió.

–Es... un poco antiguo –añadió él.

–¿Antiguo?

Abraham se removió en el asiento. Carraspeó. Sin duda se dio cuenta de que había dicho algo inapropiado.

–Quiero decir, un estilo retro... por decirlo de alguna manera –intentó corregir, al tiempo que se levantaba y comenzaba a recoger los platos del desayuno–. Josephine...

Al escuchar su nombre en la boca de Abraham, Josephine advirtió que en ningún momento le había dicho cómo se llamaba, ni había podido asomarse al rellano, ni probablemente había podido leer ninguna carta de banco dirigida a ella. Si él se encontraba en el mismo punto de confusión que se encontraba ella, sin duda lo había averiguado de alguna otra manera. Con el fin de ocultar su desconcierto, miró hacia la ventana de la cocina y señaló hacia las antenas que formaban un bosque sobre las azoteas de los edificios del Zoco Chico.

–¿Por qué no las quitan?

Él la miró extrañado. Se levantó y pasó una mano por delante de ella para apartar la cortina.

–Las antenas. Dicen que ya no hacen falta.

–Bueno –dijo él–, al menos les sirven a los pájaros.

–Es verdad, les sirven a los pájaros.

Sin duda, los efectos de las llamas solares eran imprevisibles.

2

En el instante mismo en el que abandonaba la casa, Abraham se detuvo en el umbral y miró hacia atrás. Josephine cruzó los brazos y esbozó una sonrisa sin saber qué más hacer, si acercarse, si despedirse, si permanecer a una prudente distancia para no dar lugar a una mala interpretación. Pero en ese tiempo de incertidumbre la puerta se cerró con un golpe seco y los pasos de Abraham descendiendo la escalera dejaron en el rellano un eco agudo que la sumió en una intensa soledad.

Si todo aquello que le estaba sucediendo era producto de una efímera amnesia, no existía lógica alguna. A ese hombre no le debía mayor consideración que a cualquier otro ser humano. No lo conocía, no sabía nada de él. Únicamente que tomaba pastillas para los nervios, y acaso que le gustaba Edward Hopper, a juzgar por los cuadros que colgaban allá donde una pared dejaba un hueco. Ni siquiera estaba segura de si el nombre con el que lo había llamado, Abraham, era verdadero o se había dado por aludido para no dejarla en una incómoda situación.

Sin embargo, tenía el pálpito de que existía un extraño vínculo, una insólita cercanía que el extravío de su memoria no lograba esclarecer.

La ventana había quedado entreabierta. El ruido del puerto se colaba por la rendija, y se colaba el aire, y se colaba un vacío espeso que contagiaba el alma. Era curioso que, a medida que pasaba de una habitación a otra, la casa pareciera alzarse sobre sus cimientos, los techos se reconstruían, las paredes, los suelos. Incluso los muebles emergían de la nada y cobraban forma para instalarse en su cerebro como un recuerdo verdadero. Pero no, toda esa realidad que la envolvía no aparecía como si fuera invocada. No surgía como un sueño, como un producto de la imaginación. La realidad se creaba, se construía a su alrededor, cobraba fuerza de verdad como si un dios creara un mundo sólo para que ella pudiera existir.

Si alguien le hubiera preguntado en ese momento qué era lo que sentía, le habría dicho que estaba volviendo a nacer. Porque era eso lo que sentía: una luz nueva, un nuevo tacto de los objetos, de infinitas texturas, el sonido, brusco, repetitivo, capaz de enloquecer a cualquiera que viviese cerca del puerto y no asumiera que Tánger late como un corazón. Se llevó las manos al rostro y miró al caótico paisaje de azoteas desde el ventanal del salón. Bajo ellas se extendía la antigua Medina de Tánger, las estrechas calles del Zoco Chico, angulosas, oscuras, herrumbrosas, que desde su altura le parecían ahora un intrincado laberinto del que sería imposible salir.

Era inaceptable que Abraham se marchara sin haberle dado una sola explicación, sin referencias, sin un concepto exacto de sí misma, sin decirle si aquella era su casa o no lo era. En ese caso no sería más que una usurpadora.

El mundo entero le parecía un lugar extraño, al contrario que para él. Su forma apresurada de salir de la casa, sin afeitarse, sin terminar de desayunar, sin preguntarle qué es lo que haría a lo largo de la mañana, resultaba sospechosa; incluso la inclinaba a pensar que debía de tener alguna responsabilidad. Cómo, si no, se movería por la casa como si fuera suya. Cómo, si no, sabía que debía ir al colegio, que le faltaba una hora para dar la clase.

Tenía conciencia del tiempo, y una idea clara del espacio. Fuera cual fuese.

De repente le vino a la cabeza el comienzo de una novela en la que había pensado hacía unos meses: la historia de una mujer que olvidaba su nombre y su mundo. Una mujer sin memoria. La idea le pareció ingeniosa, aunque en su momento alguien, no recordaba quién, intentó disuadirla de llevar el proyecto adelante.

Le dijo que esa historia ya se había contado mil veces y que no valía la pena empeñarse en una novela que carecía de originalidad. La evocación de ese pequeño detalle, aquel inicio de novela, la llenó de alivio. Al fin y al cabo, era un síntoma de que su memoria permanecía íntegra, aunque inextricable. Sintió el impulso de salir a la calle, adentrarse en la Medina, esperar que los recuerdos surgiesen como surgen las piedras cuando se retira el mar. Tarde o temprano tendría que suceder. La vida sin un pasado es inconcebible. Y en algún momento ella recuperaría su propio pasado.

Se ajustó el cordón de la bata y caminó hasta el salón. De la estantería extrajo un viejo álbum de fotos, descolorido, con un cordón que marcaba las páginas. Al abrirlo, unas cuantas fotografías cayeron al suelo junto a las charnelas que las sujetaban. Las cogió al vuelo. En blanco y negro, en color desvaído. Las contempló con singular interés, con una emoción que le producía un ligero temblor en las manos. Miró una, y otra, y otra, pretendiendo encontrar en sus personajes un rostro, una mirada, una forma de cuerpo que la inclinara a señalar con el dedo para decir: «Esta soy yo». No fue hasta que llegó a las últimas páginas cuando reconoció los ojos profundos de Abraham y su robusto mentón.

El martilleo del puerto repicaba en las paredes, en las verjas pintadas de blanco que cerraban las ventanas del luminoso salón. Lejos de resignarse, volvió a la primera página y examinó el álbum de principio a fin con el deseo, más que con la intención, de descubrir su rostro entre esos rostros.

Pero allí no había nada que la uniera a esa casa. Su rostro no existía, como no existía su nombre.

Cerró de un golpe el álbum y lo devolvió a la estantería. Se levantó, deambuló de una habitación a otra con los brazos cruzados. La cabeza se le llenaba de horribles temores, su corazón latía fuerte y desacompasado. Caminó hasta el baño y se miró al espejo. Se vio desdibujada, borrosa, como si su imagen fuera más una sombra que un reflejo de sí misma. «La mujer sin cuerpo», dijo en voz baja pensando en el título de su nueva novela. Añadió que, sin lugar a dudas, era un buen título y que no toleraría que nadie la disuadiera de incluirlo en una portada. La escribiría desde esas mismas palabras, antes el título que la historia. «Sí –dijo para sí misma, como si la imagen del espejo le preguntara–, será la historia de una mujer que no soporta los espejos, que prefiere reconocerse desde su propia conciencia. Una mujer que no se deja arredrar.»

No debía dejarse llevar por la exasperación. Tomaría una ducha, se pintaría los labios y se vestiría de forma apropiada.

Abrió el grifo. Extendió la mano y esperó. Dejó luego que el agua caliente resbalara sobre su cabeza y cubriera su cuerpo. Miró sus pies, arrugó los dedos. Sintió la lisa superficie del plato de ducha, escuchó el agua girando en el sumidero. Con los ojos cerrados, elaboró un plan para esa mañana. De ningún modo bajaría a la calle hasta que no encontrara las respuestas que necesitaba. Esperaría a que Abraham volviera del trabajo, entonces lo abordaría con vehemencia, le pediría explicaciones, le preguntaría cómo era posible que ella no apareciera en ninguna de las fotografías del álbum. Le diría que ella no consumía kif ni ninguna otra cosa que le nublara la razón; luego le pediría las señas de un médico. Era necesario que le diagnosticaran la enfermedad.

Cuando salió de la ducha se envolvió en la toalla. Advirtió que los muelles del puerto se habían quedado en silencio. Le gustaba sentir la humedad en el cuerpo, y caminó por la casa sin apenas secarse. En el salón encendió la radio justo cuando Jean Sablon empezaba a cantar *J'attendrai*. Se sentó en el borde del sofá para no mojarlo. Respiró. Tal y como imaginaba, la ducha le había despejado la mente. Todas sus preocupaciones parecían haberse hecho pequeñas, casi inexistentes. Miró los números luminosos en un reloj de pared, sin saetas, sin esfera, sin tictac. Le desagradaba esa modernidad que prescindía de lo esencial. Para Josephine era como si el tiempo hubiera perdido su sonido.

Abraham no tardaría en llegar, a menos que acostumbrara a comer fuera de casa. Se había marchado sin afeitarse, vestido con una simple camiseta de manga corta y unas zapatillas de deporte.

Ni siquiera había hecho la cama, si es que su cama era aquella donde habían dormido. Ahora que por fin podía pensar con tranquilidad, consideró que era un hombre atractivo, a pesar de sus ojos profundos, que parecían haberse retraído para no ver la realidad. Le atraía la forma de su mentón, los leves ángulos a los lados de la mandíbula, la oscura sombra de su barba. Al trasluz de la mañana no vio más que el grave perfil de su cuerpo, la insinuación de su piel. Luego, en la claridad del día, no se atrevió a mirar más allá de su rostro. A eso se redujo su curiosidad natural: estudiar sus expresiones, sus palabras, el modo en que cerraba los ojos en un tic repentino cuando pretendía dar una explicación, que Josephine interpretó como un síntoma de timidez. Tal vez a él le hubiera pasado lo mismo que a ella, se había sentido abrumado, y por ese motivo había salido de la casa sin dar explicaciones, con tanta precipitación.

En esos pensamientos estaba cuando escuchó unos pasos en la escalera, el cascabeleo de un manojo de llaves, un carraspeo que sonó muy cerca de la puerta que daba al rellano.

Abraham entró, cerró, y, al mirar hacia dentro, se encontró frente a frente con una mujer sujeta a una toalla que agarraba con las dos manos a la altura del corazón, dejando al aire sus caderas, sus pechos, los hombros perlados por un resto de humedad.

Habría podido ocultarse del todo, envolverse con la toalla, pero había utilizado el tiempo para hacerse un recogido con un par de horquillas que sujetaba en los labios. Poco le importaba que la viera alguien del que había conocido su nombre esa misma mañana. Poco le importaba cuando tantas veces había posado para un pintor.

Pero Abraham, que ella supiera, no era ningún pintor.

Su saludo fue ininteligible. Un espeso balbuceo, una o dos palabras que sonaron a latín.

Josephine se envolvió por completo.

–Hola –dijo.

Abraham recorrió la entrada, con la vista tan baja que cualquiera hubiera dicho que contaba las baldosas del suelo, y se adentró en la cocina para comenzar a abrir puertas de armario, a trastear con platos, con cacerolas. Josephine consideró que debía darle alguna explicación. Se situó a su espalda y le dijo que había estado ojeando el álbum de fotografías.

—Está bien —dijo él, con cierto desinterés.

—Las fotografías están sueltas. Se caen. Las he guardado como he podido.

—Bien... —repitió, los ojos puestos en el jabón con el que se lavaba las manos.

Josephine se incomodó. Tal vez tenía que haberse vestido antes de salir al salón y no mostrar esa falta de pudor. Que a Abraham le gustase la pintura no significaba que fuera pintor. Y menos aún que utilizara modelos. Era cierto que algunos de los cuadros de la casa mostraban mujeres medio desnudas, pero una cosa era ver a una mujer pintada en un cuadro y otra distinta contemplarla en carne y hueso.

—Voy a vestirme... —se excusó, al tiempo que se encaminaba al dormitorio.

—¡No!

Algún objeto cayó de las manos al fondo del fregadero.

Josephine sintió que sus pies se clavaban al suelo. Sin volverse, alargó una mano y se ajustó la toalla bajo las axilas. Le hubiera gustado escuchar el martilleo de la maquinaria del puerto para romper el incómodo silencio, pero en el turno de descanso sólo se oía de vez en vez la bocina de algún barco que partía, y la llamada a la oración. Tampoco sonaba la radio. Había perdido la sintonía, o quizá él mismo había decidido apagarla.

—Perdón... No estoy acostumbrado... —se disculpó Abraham mientras se secaba las manos y Josephine miraba al frente, al cuadro de la habitación de hotel que colgaba de la pared junto a la cama—. Me gusta verte así.

Josephine se dio la vuelta. Apretó los labios y apartó una silla en la que se sentó. Abraham encendió la radio, explicó que a veces perdía la sintonía y sonaba un ruido eléctrico que le alteraba los nervios. Josephine asintió. Estiró hacia abajo el borde de la toalla y se excusó por lo ridículo que pudiera parecer lo que a continuación dijo: que le preocupaba que ella no apareciera en ninguna fotografía, y que no reconociera a nadie que no fuera él de niño, él de mayor, él haciendo turismo en una ciudad de Europa.

Josephine se resistía a admitir que el vacío de su memoria la atormentaba, y que incluso a veces pensaba que perdía la razón.

Abraham escuchaba apoyado contra la encimera. Los brazos cruzados, la vista puesta unas veces en los dibujos del suelo y otras en sus piernas, momento en el que siempre reproducía el tic de los ojos.

—Nunca he abierto ese álbum —dio como única explicación.

Josephine se acomodó la toalla más por mostrar su escepticismo que por necesidad. De nuevo la cabeza se le llenó de dudas. Cuando lo pensaba, le resultaba extraño que aún no le hubiera preguntado de dónde había salido, qué hacía en su cama, en su casa, cubierta con su toalla de baño. Era lícito pensar que él se hiciera las mismas preguntas. Sin embargo, existía una gran diferencia. Mientras ella se sentía obligada a guardar las formas y a ocultar su exasperación, él se mostraba dueño de sí mismo, seguro, investido de una aparente tranquilidad. Era evidente, por tanto, que ella no debía dar una idea equivocada. Ante él debía mostrar siempre esa misma apariencia.

—Bueno —intervino Abraham de nuevo—, va siendo hora de comer.

Josephine se levantó y le dijo que iría a cambiarse a su cuarto. Empleó ese posesivo, «su», con plena intencionalidad, aunque él parecía ocupado en buscar en la nevera algo que le sirviera para preparar la comida.

El ruido del puerto se había aplacado. Cuando Josephine entró de nuevo en la cocina, vestida con la misma bata que había usado esa misma mañana, Abraham ya había dispuesto sobre la mesa una comida frugal que calentó en el microondas.

Josephine se sentó y le informó de que en el armario no había más que un traje de color verde, y unos zapatos también verdes. Pinchó unas hojas de ensalada, y sin mirar a Abraham añadió:

–Podríamos ir esta tarde a las Galerías Lafayette.

Abraham clavó el tenedor en la ensalada, masticó y, levantando los ojos hacia ella dijo:

–¿Aún están abiertas las Galerías Lafayette?

Ella torció la boca en un gesto de sorpresa.

–Claro...

Le extrañó a Josephine una pregunta como aquella. No podía ser que las Galerías Lafayette cerraran para siempre y ella no lo supiera. Dedujo que entre ellos existía un juego de sutilezas, que consistía en averiguar quién era el primero en descubrir al otro. Entendió que no podía seguir adelante con la conversación sin asumir un riesgo y cuando iba a preguntarle qué hacía en Tánger, además de dar clases en un colegio, él se le adelantó.

–¿Has terminado de leer la novela?

Josephine se encontró en un callejón sin salida. No recordaba que estuviera leyendo ninguna novela. Sólo recordaba que había pensado en un nuevo proyecto titulado *La mujer sin cuerpo*, pero, si estaba leyendo una novela, no recordaba su título, ni el autor, ni tampoco su argumento. Abraham aguardaba su respuesta sin masticar, la comida haciéndole un bulto en un lado de la boca.

Sintiéndose derrotada en ese complicado juego en el que se veían envueltos, aclaró la voz y dijo:

–*La vida perra...*

Abraham, sin dejar de mirarla, comenzó a masticar.

–*La vida perra de Juanita Narboni...* –precisó Josephine.

No tenía idea de cómo le había llegado de pronto esa iluminación. La atribuyó a las tormentas solares, a un oportuno destello que, sin duda alguna, había escapado del sol y penetrado en su cabeza.

–No, voy por la mitad... –apostilló–. Me gusta el estilo de Ángel Vázquez.

Abraham pareció complacido. Siguió comiendo y le dijo que había empezado a escribir una novela que trataba de una mujer que se había olvidado de su pasado.

Josephine lo miró estupefacta. Por una parte, creyó haber encontrado el punto de conexión que necesitaba; por otra, le pareció inverosímil que el argumento fuera tan parecido. Cuando se recuperó de su estupefacción añadió:

—Yo estoy escribiendo una con un argumento más o menos similar, una mujer que ha perdido la memoria. Se titula *La mujer sin cuerpo*.

—De modo que tú también escribes —respondió Abraham, sin mostrar interés en lo parecido del argumento—. *La mujer sin cuerpo*... Sí, es un buen título.

Josephine se sintió halagada por su apreciación. Se llevó la mano al cabello, buscó mechones sueltos, horquillas descolocadas.

—También poso para un pintor —dijo de pronto, impulsada, tal vez, por ese mismo destello que había instalado entre ellos una súbita familiaridad.

—¿Para un pintor?

Abraham se mostró notoriamente interesado.

—Sí. Para un solo pintor —precisó Josephine.

Se oyó a lo lejos la sirena de un barco, grave y penetrante como un cuchillo que hendiera el aire.

Después de un largo silencio, pareció que Abraham hubiera perdido las ganas de hablar. Se concentraba en la ensalada, en la tortilla, en un vaso de vino del que bebía a tragos largos y le obligaba siempre a limpiarse los labios con una servilleta aferrada en la mano.

Pensó que, con toda seguridad, a Abraham le gustaría saber por qué posaba para un solo pintor, y de buena gana se lo habría explicado. De hecho, tan a punto estuvo de hacerlo que dejó el tenedor en el plato y, justo cuando quiso buscar las palabras adecuadas, tuvo la sensación de que la razón se le nublaba y las palabras caían por un agujero. Por un momento, olvidó dónde estaba, qué hacía, por qué estaba comiendo con un desconocido. Para entonces, Abraham ya se había levantado y, mientras recogía su plato y sus cubiertos, le dijo que no le importaría en absoluto acompañarla a las Galerías Lafayette.

3

No era, por supuesto, la ocasión de vestirse como había hecho Josephine. El único vestido que había en el armario consistía en una chaqueta cruzada y ajustada a la cintura, falda de tubo, zapatos de tacón, bolso de mano y un sombrero tan verde como el resto del vestido. A Abraham le pareció que aquella indumentaria, incluyendo el recogido bajo que se había hecho en el cabello, era un tanto anacrónica, y así se lo confesó. Sin embargo, por vez primera, esbozó una sonrisa que a ella la satisfizo. Josephine le contestó que al fin y al cabo no conocía a nadie, que se había olvidado de la gente al igual que la gente se había olvidado de ella, y que la vergüenza sólo se siente cuando el que te juzga es alguien que te conoce. Abraham no mostró su parecer, aunque inclinó levemente la cabeza y frunció los labios en un gesto de imprecisa aprobación. Josephine se llevó la mano a la frente y arrugó los ojos cuando se dio cuenta de que su comentario había revelado parte de su problema.

Bajaron a la calle Ohm en dirección a la Cuesta de la Playa y el boulevard Pasteur. A Josephine le hubiera gustado continuar con la conversación iniciada durante la comida. Aunque no eran más que dos desconocidos que habían compartido una misma cama, esa particular circunstancia había creado entre ellos una afinidad singular. A Josephine le pareció que sus palabras eran sinceras y que, más que salvar el momento, su intención era satisfacer una necesidad. Pero por la forma de andar de Abraham, un tanto apartado y mirando a cualquier dirección menos hacia el lado donde ella estaba, entendía que no sería él quien comenzara a hablar. Cualquiera que hubiera prestado atención habría jurado que entre ellos no existía ningún vínculo. Él no se había quitado la camiseta con el horrible conejo y aquella palabra escrita, *asshole*, ni las zapatillas azules de estilo *casual*. Ella, sin embargo, repicaba en el suelo con sus zapatos de punta y atraía la atención de los viandantes a causa de la altura que el sombrero verde le hacía aparentar. De vez en cuando se detenía, se lo ajustaba mirando al cielo y decía: «Ya estoy».

Caminaba segura, sin caer en la cuenta de la dirección que debía tomar, orientándose sólo por la disposición de los edificios con respecto a la línea de playa, hasta que se encontraron de pronto frente a una persiana echada, oscura y polvorienta, que daba la impresión de estar cerrada hacía mucho tiempo. Detrás del cristal del escaparate aún permanecían los maniquíes en forzadas posturas, despojados con desdén de la ropa que habían vestido por última vez.

Josephine miró a Abraham con un gesto de profunda consternación. Sus párpados maquillados adquirieron un tono sombrío.

—¿Cuándo cerraron las Galerías Lafayette?

Abraham se encogió de hombros.

Josephine se dejó llevar por un sentimiento de indignación que al poco se tornó en cautela y más tarde en incómoda turbación.

—Apolinar.

—¿Cómo?

—Apolinar, el modisto. Podemos preguntar a Apolinar.

Por su respuesta, dedujo que Abraham no sabía quién era, ni dónde estaba su negocio. Josephine recordaba que su nombre estaba escrito en letras mayúsculas sobre un gran arco de la Medina, bajo un ventanuco de dos puertas desde el que se asomaba para ver a los hombres que tomaban en la calle su vaso de té. Se entretenía de esa manera, decía la gente, clasificándolos en jóvenes y viejos, buscándoles la raza, si eran árabes o bereberes, expresándose a veces con un suspiro de anhelo cuando alguno le llamaba poderosamente la atención.

En el camino de vuelta sortearon el tráfago del boulevard Pasteur. Rieron cuando ella dijo que no recordaba tantos automóviles en la ciudad; cuando él dijo que los tiempos habían cambiado; cuando ella dijo que no era cierto que no hubiera fumado kif; cuando él dijo que pocas mujeres se vestían con jaique, que no era difícil conseguir cerveza, incluso vino, y que, por supuesto, no le hubiera importado en absoluto que hubiera consumido kif.

Luego, en el Zoco Chico, buscaron las bocas de calle que emergían de la plaza Central. Encontraron el arco y el ventanuco justo como ella recordaba, en un ángulo que emergía desde la terraza del café Tingis. Pero no había letras, ni carteles, ni referencia alguna que demostrara que aquel era el edificio donde tenía el negocio el modisto Apolinar, sólo un pasquín sobre la pared blanca que anunciaba el concierto de un rapero llamado «Muslim».

En el rostro de Josephine, Abraham halló la viva imagen de la desolación, en sus ojos, en sus labios abatidos, en el bolso que se escurría de sus dedos laxos y endebles hasta casi caer a los pies. Lo que no adivinaba era la causa. Porque lo que de verdad le importaba a Josephine no eran esos lugares que algún día habrían de desaparecer, sino los recuerdos que los habían traído al presente. Le faltaban palabras. Le resultaba imposible encontrar una forma adecuada de decir que su memoria se agrietaba, se desmenuzaba, se deshacía en fragmentos cada vez más pequeños, hasta que llegado un momento, estaba segura, no quedaría nada, y sería una mujer diferente, una mujer para la que había muerto el pasado.

En ese instante, con la vista puesta en el ventanuco hermético y ciego, pensó que definitivamente la mujer que era ya no existía, y que todo aquello que recordaba no eran más que ruinas, restos, escombros de un edificio que nunca se volvería a alzar.

Abraham hizo un amago de acercamiento que no concluyó. Se acarició la cabeza con la palma de la mano, como si se peinara.

–Jo... Vamos al Hafa –sugirió Abraham acortándole el nombre–. Al mar.

En un principio, Josephine se mostró recelosa. No por una propuesta que le resultaba tentadora, sino porque una sensación incómoda y tortuosa se apoderaba de ella. La realidad ya no era aquello que tocaban sus manos, las cosas iluminadas, los ruidos del puerto, el olor del mercado. La realidad era una sustancia inconsistente y acuosa que se colaba despacio por las grietas de su memoria.

Jo recogió el bolso del suelo.

–Vamos, dijo.

Tomaron un taxi hacia el barrio del Marshan.

Dejaron la Kashba a la derecha, el jardín de la Mendubía a la izquierda. El destino, pensaba Josephine, era un lugar imaginario, una posibilidad, un lugar sin lugar. Después de la desagradable sorpresa de la desaparición de las Galerías Lafayette y del sastre Apolinar, nada le garantizaba que el café Hafa existiera, sus escalones de piedra, las palmeras pintadas de blanco, los pinos que se alargaban hasta el borde del mar. No es la fe lo que mueve montañas, es el tiempo, se dijo mientras contemplaba la ciudad desde la ventanilla.

La calle del Doctor Cenarro había cambiado su nombre por el de Avenida Ibn al-Abbar, la avenida que recorría la playa y lamía el borde de la Medina tenía ahora el nombre de un rey que no conocía. Todo parecía lo mismo, pero todo era distinto: el asfaltado de las calles, la apariencia de los edificios, el cielo, el azul dibujado por esquinas perfectas, rectas, cuadrangulares. Incluso la gente era distinta. Era cierto que las mujeres ya no vestían el jaique y que los hombres preferían el pantalón vaquero a la chilaba. Los aguadores, esos hombres cubiertos de festones, de jarras de cobre y cacharrería, no aparecían por ninguna parte. Se los había tragado la tierra. No, la tierra no: el cielo. No todo muere hacia abajo. Algunas cosas mueren hacia arriba, porque la memoria es un lugar elevado, un lugar donde nacen y mueren los pensamientos, las sensaciones, los sueños que perduran aun en la vigilia.

Cuando pasaron cerca de las tumbas fenicias, Josephine sintió que el corazón se le revolvía, que una misteriosa fuerza lo sacudía. Por momentos, temió que se le saliera.

Bajaron del taxi en la calle del Hafa. El aire costero empujaba los plásticos contra las blanquecinas paredes que subían, que bajaban, que replicaban la dura piedra sobre la que se sustentaban, como un viejo esqueleto azotado por el viento y el sol.

La entrada de tejas, el pequeño callejón, la vista abierta, poderosa, más océano que mar.

Sin embargo, el Hafa seguía allí, frente al mar, como un vigía del horizonte.

Abraham se abrigó antes de sentarse. Pidieron a un camarero dos tés. Josephine se agarraba con las dos manos al bolso; necesitaba sentir la gravedad de la Tierra, un contacto físico, una textura para palpar con los dedos. Miraba, por supuesto, al mar. Fruncía los ojos por el brillo del agua, o acaso porque su cabeza estaba repleta de pensamientos que se entrecruzaban, como que no pertenecía a ese tiempo, como que su lugar no era Tánger, sino otro, que todo era una impostura, un mal sueño, un esperpento. Era como si hubiera bajado de un platillo volante o surgido del interior de una máquina del tiempo.

Pero no. Esas razones no eran lógicas, esas razones sólo servían para salir del paso. Ella era una mujer lógica y racional, y la lógica le dictaba que la única explicación plausible sólo podía ser la locura. ¿Era posible que su cuerpo entero se sacudiera por ese pensamiento? El estremecimiento fue como si un gigantesco insecto la recorriera de los pies a la cabeza por debajo de la piel. Su cabello se erizó por una súbita electricidad.

Si no detenía de inmediato esa cascada de fatalidades, definitivamente se veía condenada a la locura.

—Ese Ángel Vázquez, ¿solía venir por aquí? —dijo, sin mostrar excesivo interés.

Abraham basculó su cuerpo hacia ella.

—Supongo que sí... Venían mucho Paul Bowles, Truman Capote... —respondió al tiempo que sonreía por lo que luego iba a decir—. A los escritores les gusta tomarse un té con hierbabuena mirando al mar. Como nosotros...

Jo esbozó una sonrisa.

—Aquí también estuvieron los Rolling Stones.

—¿Los Rolling Stones?

—Sí.

—Me gustan los Rolling Stones.

—Bueno —admitió Abraham—. No sé si se han separado...

—¿Separado?

—Algo he oído... Aunque es cierto que la gente disfruta propagando falsos rumores.

Josephine posó la vista en los muros de piedra encalados.

Si pensaba en todo lo que había acontecido desde que se había despertado esa mañana, se daba cuenta de que la inquietud, la angustia y la preocupación corrían a cargo suyo. Sólo ella se hacía preguntas, sólo ella se inculpaba, cargaba en sus hombros con la responsabilidad. Pero en todo ese tiempo, Abraham no había mostrado el menor signo de turbación. Acaso ese tic de los ojos que a ella, sin embargo, le producía un efecto tranquilizador.

—A ti no te preocupa quién sea yo, ¿verdad?

Abraham apretó compulsivamente los ojos. Se removió en el asiento y acomodó la espalda a la silla de plástico.

—No necesito saberlo —dijo.

—¿No?

—No.

Josephine se ajustó el sombrero. Sentía en la cabeza el empuje del viento y no quería ver cómo algo suyo caía al mar. Cuando se ha perdido tanto, cuando se ha perdido incluso el pasado, cualquier cosa nimia se reviste de un incalculable valor. No estaba segura de la confianza que debía mostrar frente a Abraham. Al fin y al cabo, acababa de conocerlo, y aunque algún gesto aislado le inspiraba confianza, lo cierto era que hablaba poco, sus respuestas eran cortas, imprecisas, y su actitud reservada la ponía a veces en alerta, como si en cualquier momento fuera a revelarle un incómodo secreto o alguna oscura verdad. Si lo pensaba, resultaba inadmisible que aceptara su abrupta presencia en la casa como algo que no revistiera ninguna importancia. Aún no le había preguntado de dónde venía, si tenía familia, si pensaba marcharse alguna vez. Podía ser una impostora. Sin embargo, no parecía interesado en saber nada de ella.

«Qué tontería —pensó para sí–, ni yo misma me he molestado en buscar entre mis cosas alguna identificación. Una tarjeta con mi nombre, mi fecha de nacimiento, el lugar donde nací...»

—Dime, ¿qué es eso de hacer de modelo de un pintor?

Josephine lo miró fijamente. Dio un largo sorbo al té y se limpió los labios con una servilleta que el viento arrancó de sus dedos.

—¿Qué quieres decir?

—¿Qué tienes que hacer...? ¿Qué hace una modelo de pintor?

—Desnudarme —dijo Josephine esbozando una sonrisa.

—¿Desnudarte del todo?

—Sí. Del todo.

Abraham parpadeó con vehemencia y miró a un punto lejano del horizonte. Buscaba, tal vez, un lugar donde posar los ojos. Pero el mar estaba agitado y los pocos pesqueros que habían salido faenaban demasiado lejos.

—No me pinta a mí —apostilló Josephine, cruzando las piernas a un lado y a otro–. Pinta mi cuerpo.

—Ya...

—Es una relación profesional. Él pinta y yo gano dinero. Eso sólo ocurrirá hasta que alguien me pague por escribir —explicó, y de inmediato se arrepintió. No tenía por qué dar explicaciones ni a él ni a nadie. La pregunta de Abraham era un tanto atrevida. Al momento reflexionó. Tal vez no sólo los lugares y las cosas eran diferentes, también los límites de una conversación habían cambiado.

Josephine no quiso añadir nada más. Cualquier problema le parecía ahora menor, incluso ridículo, si lo comparaba con lo que le estaba sucediendo. Miró al límite del mar buscando la costa al otro lado. Para ella, esa agua entre dos tierras era un lugar lleno de magia. Un lugar que, estaba segura, de ninguna manera podría cambiar. Para desaparecer los catorce kilómetros entre un punto y otro tendría que girar el núcleo de la Tierra, moverse sus placas y ajustarse de nuevo para adquirir una forma distinta. Y aun así conservaría su misma magia. Sin embargo, esa fuerza de la transformación se le antojaba nociva cuando afectaba a su mundo inmediato, lo poblaba de ausencias, de olvidos, de objetos sin forma.

Tal vez el comentario de Abraham no tuviera mala intención. Era un comentario como cualquier otro, acorde a los tiempos en los que, de pronto, parecía que no le era posible encajar. De buena gana hubiera abandonado el Hafa, le hubiera dejado plantado por su impertinencia, como esos árboles que apuntaban al mar. Pero le atraía su barba incipiente, la profundidad de sus ojos, sus manos rudas de agricultor. Se resistía, además, a dejarse llevar por una pregunta intrascendente que la enemistaría con la única persona que en ese momento podía ayudarla. Ayuda, era lo que necesitaba. Ayuda cuando no sabía cómo, ni dónde, ni cuándo. Cualquier otra cosa era irrelevante.

El sol declinaba. Una raya oscura y rojiza desdibujaba la línea del horizonte. Pronto llegaría la noche. Josephine se dio cuenta de que había dado por hecho que volvería a esa casa, que se acostaría en la misma cama y que, cuando se levantara a la mañana siguiente, ese hombre desconocido que llenaba las paredes con cuadros de Hopper estaría durmiendo a su lado. Como el cuento de Monterroso, se dijo riendo para sí: «Cuando despertó, el dinosaurio seguía allí». Había empleado el día entero en averiguar la causa de su trastorno, pero no había previsto que, si no lo lograba, todo volvería a ser exactamente igual que en el momento en el que despertó. Y Abraham no era ningún dinosaurio, era un hombre, un desconocido, tal vez incluso su marido. Era lógico, por tanto, una pregunta como la que hacía un instante se había atrevido a hacer.

Levantó el vaso ya frío, y sorbió el té hasta que se le colaron en la boca un par de hojas de hierbabuena.

–Deberíamos irnos –dijo.

Iniciaron el camino de vuelta a pie, primero en silencio, luego con alguna observación puramente circunstancial, luego hablaron del tiempo, luego que si hacía malo, que si el viento traía arena, que si esa primavera iba a llover. «Qué tontería –pensaba Josephine–, si no conozco este tiempo, si no soy de aquí, si todo esto es conjetura.» Sus temores, de pronto, afloraron de nuevo. La calle se llenó de densidades, de personas anónimas, de luces deslumbrantes que dejaban en sus ojos un efímero fulgor. Abraham caminaba a su lado, pero Abraham no era nada, no era nadie, era sólo un desconocido que posiblemente le guardaba un secreto. Sólo él podía saber qué sucedía, sólo él podía saber cómo había llegado hasta allí. Antes de que la exasperación la llevara a cometer un error irreparable, debía tener todas las respuestas que necesitaba.

Cuando llegaron a la calle Italia, si es que ese era su nombre, Josephine se detuvo para ajustarse el sombrero.

–Abraham –dijo mirando al cielo–. Compremos algo para cenar.

4

Al llegar a casa, Josephine preguntó por qué no tenía una llave. No habían encendido la luz del rellano, pero pudo ver cómo Abraham encogía los hombros mientras se afanaba en encontrar el ojo de la cerradura. Cuando consiguió abrir se apresuró hacia el baño, cerró la puerta y corrió con estrépito el pestillo interior. El hecho de que no se molestara en disimular su premura casi convenció a Josephine de que entre ellos debía de haber algo más que una mera convivencia, pues sólo en el caso de un matrimonio o una pareja bien establecida podía entenderse esa nítida familiaridad.

Los sonidos del puerto habían cesado, reemplazados por el ruido del tráfico, los gritos de los niños y un inconstante borboteo de agua que resonaba en la casa como una respiración. Un espejo de cuerpo entero adornaba la entrada. Viejo, dorado, con un refulgente sol barroco que coronaba el marco superior. Para Josephine, un espejo no era sólo un cristal. Un espejo era un objeto engañoso, un reflejo atrapado en un cristal. Donde cualquiera vería un juego de luz, ella veía sombras, atisbos, líneas fugaces. En un espejo, en todos los espejos, para Josephine la mirada de su madre acechaba escondida entre el nitrato de plata y el cristal.

En la penumbra que inundaba la entrada vio Jo su reflejo. La chaqueta ceñida a la cintura, su falda estrecha, el sombrero *cloche*, el bolso verde. No había visto a nadie en la calle vestido de forma similar. Nadie. Salvo aquellas personas con atuendos tradicionales propios de otras partes del país, como caftanes, chilabas, y algún fez despuntando sobre la multitud, la mayoría de la gente vestía con displicencia, con ropas sencillas y holgadas que servían menos a la estética que a la comodidad. Si lo consideraba en su conjunto, y a ese hecho unía que los lugares ya no eran los mismos, que las calles habían cambiado sus nombres y que aquellos edificios coloniales que en su momento resplandecían, lucían ahora sucios, viejos y ennegrecidos, sin duda era ella la que no estaba en su tiempo ni en su lugar.

El ruido de la cisterna despertó a Josephine de su letargo. Escuchó que corría la cortina de la ducha y pensó que le daría tiempo a cambiarse de ropa. Se dirigió al dormitorio y dejó el sombrero sobre la cómoda. Se desvistió, colgó cada prenda en la misma percha de donde la había cogido. Hurgó en el hueco del armario en busca de ropa de noche, y todo lo que encontró fue un camisón rojo y desvaído acabado en un borde de encaje, con unas bragas a juego del mismo color.

No era, desde luego, el atuendo más adecuado para mostrarse frente a un desconocido, pero ante la duda de si era o no su marido, y siendo las distancias tan cortas en aquella casa y la situación tan abocada al forzoso entendimiento, resultaba ridícula cualquier muestra de pudor.

Le servía, además, de excusa la falta de ropa y el armario vacío. No tenía otra cosa que ponerse, por lo que se vistió con lo que había encontrado: el camisón, las bragas y unas zapatillas. Esperó sentada en la cama a que Abraham apareciese a preguntarle si dormiría con ella o en otro lado. Había oído el ruido del toallero al golpear la pared, otra vez la cortina. Pero después de veinte minutos dedujo que hacía tiempo que había salido del baño. Convencida de que no lo vería si ella no lo buscaba, se levantó de la cama con un chasquido de muelles. No estaba en la cocina, ni en el baño. A mitad del pasillo estuvo a punto de llamarlo, pero al entrar en el salón lo encontró echado en el sofá, envuelto en un albornoz blanco, con un libro entre las manos que cerró de inmediato en cuanto la vio. A Abraham le chisparon los ojos, se le quedaron agarrados a su ropa translúcida, al pelo suelto sobre los hombros, a ese encaje que jugueteaba en sus bragas mientras ella miraba los cuadros como si él no existiera. Se incorporó y se aclaró la voz para decir algo, pero, cuando iba a hablar, a Josephine se le despertó una súbita intelectualidad. Se acercó a una pared. Acercó la nariz a un cuadro y torció la cabeza primero a un lado, luego al otro. En voz alta, sin que él se lo preguntase, se separó y comenzó a hablar de golpes de brocha, de trucos de encuadre, de colores, de formas, de luces y, sobre todo, le habló de los personajes, buscando entre ellos algo en común.

En ese largo instante, Abraham se entretuvo en contemplar el vuelo de encaje sobre sus nalgas, el pelo tupido, una mano de uñas pintadas doblada graciosamente sobre el costado, con los dedos señalando a su espalda.

Cuando pareció que ya tenía suficiente, Josephine se arrimó de nuevo a la puerta, se enderezó y dijo, a modo de sentencia:

—A ti lo que te gusta es la soledad...

Por fin, Abraham la miró a la cara.

—La soledad...

—Sí.

Josephine le alargó la mano. «Vamos», dijo.

En el dormitorio, Abraham se desnudó y se echó en la cama junto a ella, con los cuerpos tendidos igual que cuando amanecieron. Ella jugó con sus dedos en la espesura de su pecho, sus clavículas, bajo el ombligo. Lo besó. Empezó por un lado del cuello, escaló hasta el borde izquierdo de su mandíbula, recorrió por completo el mentón, giró al lado derecho, le exhaló en el oído un acuoso suspiro, tan cerca que pudo escuchar la humedad de su boca. A él le gusto ese lenguaje sin palabras, le atrapó los labios con los suyos, acunó con la mano la curvatura de su cuello, la atrajo hacia sí. La hizo girar sobre su cuerpo y se dejó acariciar por esa masa de pelo que colgaba de su cabeza, que se columpiaba a un lado y al otro, rozándole el cuerpo con miles de puntos que hacían contacto de electricidad.

Luego nadó en lo más hondo, sintió en sus costados el tacto del agua, la luz fragmentada en el borde de los ojos, que cerraba, que abría. Deseaba alcanzar con ellos un fondo de abismo, pero no lo lograba, a pesar de que se agarraba a sus piernas, empujaba, comía del aire como comen los pájaros.

Perdido en lo oscuro, Abraham absorbía el olor de su piel, olor de mirra, de ramas rotas, de cuero curado, de pétalos pisados. No hubiera dicho que olía como olían todas las pieles. Era un olor desconocido, antiguo, diferente, como un olor de otro tiempo.

La radio estaba encendida, y cantaba Jean Sablon. No fue ella quien la había conectado, sino él. *J'attendrai.*

Tenía que sonar esa canción, y no era por casualidad. Sonó porque tenía que sonar. Ella se acostó de lado, mirando a la ventana. Deseaba que él se sintiera más solo, que la penetrara sin mirarla a los ojos, sin saberse mirado. Cuando los sentidos se resumen, cuando no queda más que tacto y calor, la sensación es diferente. Surgen planetas ficticios que jamás se encuentran, sutilezas, imágenes, sombras, contornos, ilusiones sin formas.

En ese momento no cabían preguntas, ni dudas, ni miedos. Josephine se sentía en su tiempo y su sitio, Abraham importaba muy poco. Él no buscaba respuestas. No necesitaba mirar hacia delante ni hacia atrás. Cuando sólo hay presente sobra todo lo demás. El presente deja de ser una forma del tiempo, el presente es un lugar del que no se desea salir, un lugar rodeado de muros muy altos que no hay por qué escalar. Mejor quedarse dentro y contemplar las cortinas mecidas, las telarañas, las roídas esquinas de los muebles, un ramillete de flores abatidas sobre el borde de un búcaro, un resto de alguien que estuvo allí antes que ella. Posiblemente.

Pero eso tampoco importaba.

La radio dejó de sonar. Se oyó el ruido hueco de un neumático en un agujero, la bocina de un barco, un mueble arrastrado, el maullido de un gato. En Tánger no hay perros, hay gatos, muchos gatos, porque los gatos son ángeles que hablan al cielo. En cada alféizar hay un gato.

Abraham tabaleaba con sus dedos el costado de Josephine, le sorbía el pelo con la nariz, le mascaba humedades en el mismo oído.

–Buscaremos a otro modisto –dijo–. No tienes por qué preocuparte.

Jo se había olvidado por completo de la ropa, de las Galerías Lafayette, del modisto Apolinar. Pero sí, tenía razón, necesitaba más ropa. Aunque no era eso lo que ahora le interesaba. Le interesaban más otras cosas.

–Abraham...

–Di... –respondió, los labios mordiendo el lóbulo de su oreja.

–¿Por qué te gusta ese pintor?

Por unos segundos hubo un silencio. Luego él se removió, entrecruzó sus piernas con las de ella.

–Porque en sus cuadros encuentro algo que no hay en otros.

–¿Eso qué significa?

Jo se volvió hacia él y apoyó la cabeza en su codo doblado esperando su respuesta.

–No sé tanto de pintura. No podría explicártelo bien.

–¿Entonces?

–Bueno... Hay pintores que pintan la realidad. Otros no. Otros intentan mostrar algo que no puede pintarse.

Ella frunció la frente. Aunque, en realidad, fue sólo una pose. No tenía intención de averiguar nada más. Realmente, lo que deseaba saber ya lo sabía. Lo había dicho poco antes: a Abraham le gustaba la soledad, y la soledad, para entenderla, hay que experimentarla en carne propia, por eso es tan difícil de representar.

Josephine lo besó. Apretó los labios contra los suyos y los mantuvo un largo instante, como si pretendiera aprehender el sabor.

Se incorporó. Caminó desnuda hasta el baño y descorrió las cortinas de la ducha. Durante ese tiempo la radio no volvió a funcionar. Le hubiera gustado escuchar de nuevo *J'attendrai*. Nunca se cansaría de escuchar esa canción. Pensó que Abraham entraría en algún momento y se ducharía con ella. Pero cuando se secó y volvió al dormitorio él ya estaba dormido. En la misma y exacta postura con la que se había despertado esa mañana. Se acostó a su lado.

Y durmieron.

5

El ruido del puerto retumbó en sus oídos.

Cuando Josephine decidió abrir los ojos, Abraham ya la esperaba con el desayuno en la mesa de la cocina. «Buenos días», le dijo, mientras tanteaba con el cuchillo la medida de una pastilla. Luego hizo lo mismo con otra, tan pequeña que se le hacía difícil sujetarla con los dedos. «Hoy son las últimas –dijo–, por fin se acabó.»

Ella respondió con una sonrisa. Cogió una tostada y la untó con mantequilla.

Durante unos instantes se instaló un silencio lleno de gestos, de ruidos pequeños, de indicios de algo. Todo el desconcierto del día anterior había desaparecido, reemplazado por una misteriosa calma. Era cierto que aún no había averiguado nada de sí misma, ni por supuesto de él, pero al menos había nacido algo entre ellos, una cercanía, un entendimiento, un extraño calor. Ya no había un impostor, y, si lo había, eran dos los impostores.

Entre sorbo y sorbo, Josephine recordaba la noche pasada y pensaba que no había hecho falta ninguna pregunta, ningún prolegómeno, ninguna consideración. El amor no había sido un amor primerizo, sino de gustos sabidos, de posturas ensayadas, de tiempos medidos. Como las costumbres de aquella casa. No le eran extrañas sus ceremonias, el lugar de los objetos, la incidencia de la luz. Incluso una fotografía, ya descolorida, que colgaba de la pared del salón entre los cuadros de Hopper, y en la que reconoció el Gran Cañón del Colorado. Había estado allí una vez con su padre. Viajaron a Denver y alquilaron un Pontiac azul claro sólo porque ella se había encaprichado. «Hija de padres ricos», la acusó él antes de echarse a reír. Él trabajaba de diplomático, en lugares que siempre cambiaban y que a Josephine le era imposible recordar. La madre se quedó en casa, se negó a ir a un lugar tan rodeado de abismo, donde piedras enormes hacían juegos con el equilibrio.

Sabía que la cisterna del cuarto de baño se quedaba abierta si tiraba demasiado fuerte; que en el piso de arriba vivía una mora que hablaba por las noches; que un vecino adolescente la observaba cuando bajaba la escalera y que ese hecho, por un lado, la molestaba hasta el punto de que en una ocasión consideró seriamente avisar a la Policía. Por otro, la complacía en extremo esa atracción que no pedía palabras, ni cortejos, ni vanas promesas de amor. La atracción era física, salvaje, una manifestación primordial de la naturaleza. No sabía cómo era posible que siempre que abordaba el rellano él ya estuviera asomado. Dedujo que el joven vivía pendiente de los ruidos de la escalera. Los conocía y era capaz de reconocer de dónde procedían.

Sabía también que a las doce y media llegaría Fatma a limpiar la casa y que no debía olvidarse de preguntarle por su madre, que había perdido la memoria y, sin embargo, se acordaba siempre de enviarle pasteles de miel. Ese último pensamiento la estremeció. Se imaginó como esa mujer anciana, atada a una silla para no perderse, la puerta de la calle cerrada con llave, preguntando con ojos de asombro «¿quién eres tú?».

Si estuviera a solas o conociera a Abraham un poco más de lo que lo conocía, dejaría caer todas sus lágrimas, clamaría al cielo por ese vacío en el que se hallaba sumida, gritaría como una loca desde la ventana sólo para que una persona cualquiera la reconociera y la llamara por su nombre: Josephine Perkins. Con eso sería bastante. Le daría las gracias y le diría que ya tenía lo que necesitaba.

Pero aquel era un pensamiento nocivo que debía expulsar de la cabeza, desterrarlo para que no se cumpliera, como haría una supersticiosa atada a sus temores. Su madre era de ese tipo de personas: precavida, recelosa, asustadiza. Le gritaba si en casa se abría un paraguas. «¡Josephine! –le decía en tono de aviso–, que da mala suerte.» No soportaba los espejos rotos, las tijeras abiertas, los gatos negros. Si encontraba un centavo, lo recogía, rodeaba una escalera que se cruzase en su camino, tiraba por el hombro una pizca de sal si el tarro se derramaba.

Él le ofreció otra tostada. «No», dijo, con una sonrisa.

Se había fijado en que, de vez en cuando, Abraham se giraba hacia el rincón, donde había un teléfono blanco ante el que parecía sentir una extraña aprensión. Sus ojos iban y venían del teléfono al reloj de pared. Una mirada fugaz, un rápido vistazo, pero en ese instante su cuerpo se paralizaba, sus manos se crispaban y un grumo de saliva recorría de abajo arriba el perfil de su garganta.

–¿Desde cuándo sufres de los nervios? –preguntó Jo, a sabiendas de que la expresión le sonaba vaga e imprecisa.

Él levantó los ojos hacia ella.

–No sabría decir... –dijo, con un mohín de los labios–. Crees que todo marcha bien, los estudios, el trabajo, los asuntos de familia... Y un día cualquiera alguien viene y te dice que no, que estás confundido, que tienes que cuidarte.

Josephine lo miró con atención.

–¿Y qué es exactamente lo que te sucede?

Abraham dio un largo sorbo de café.

–Pues... Nada realmente importante –respondió mirando hacia la ventana–. El médico dice que sueño despierto.

–¿Que sueñas despierto?

–Eso dice.

Josephine se rio. La tranquilizaba que todo el problema fuera algo tan sencillo como un problema de sueño.

–¿Y qué es lo que sueñas?

–Oh. No sabría decir. Por ejemplo, ¿nunca has soñado que vuelas, que te hundes, que cruzas una carretera llena de coches?

–Muchas veces.

–Pues hace un par de semanas atravesé el boulevard Pasteur de lado a lado como si caminara por dentro de mi casa. En plena hora punta.

—Bueno, eso parece peligroso –admitió Josephine.

—Lo es. Los conductores apretaban el claxon. «Imbécil», me gritaban. Alguien me reconoció y me sacó de allí. Me dijo que nunca había visto a nadie cruzar tan rápido esa avenida.

—Vaya... –dijo Josephine, un tanto alarmada.

—Bueno... En cualquier caso, ya he terminado el tratamiento.

—¿El tratamiento?

—Sí... Las pastillas.

Josephine asintió con la cabeza y apuró el café.

6

Al bajar la escalera vio al joven observándola a través de la reja del hueco del ascensor. En otras circunstancias le hubiera lanzado una mala mirada, lo habría insultado por su deplorable comportamiento. Pero lo que importaba ahora era afianzar sus recuerdos, probarse a sí misma que su memoria se recuperaba. En cuanto viera a Fatma haría lo posible por sonsacarle. Le preguntaría por su madre, por su marido, hombre devoto del que la mujer se quejaba que frecuentaba burdeles, pero en su cama se apagaba como una brasa sin fuego.

Se había vestido con la misma ropa: el traje verde de falda de tubo, los mismos, únicos zapatos de tiras verdes. Sólo varió el maquillaje. Se alargó un punto las líneas de los ojos, como en un anuncio que había visto en una perfumería del boulevard Pasteur. Caminaba presurosa, con la imagen del Gran Cañón metida en la cabeza. ¿Qué hacía allí esa fotografía? ¿Sería una de las que ella misma había hecho cuando viajó con su padre? Sólo sería posible si existiera una relación entre ellos, como un parentesco o una amistad. Dedujo, sin embargo, que en ese caso ya se lo hubiera dicho, a no ser que esperase a que lo descubriera por ella misma.

La sensación de una idea equívoca del tiempo desaparecía como desaparecía el temor a abordar esas calles que habían cambiado su nombre y ahora recorría sin aprensión. Si el día anterior se había sentido abrumada por la altura de los edificios, el aspecto de los objetos y, especialmente, por la manera de vestir de la gente, unas horas después admitía que esa percepción, con toda probabilidad, formaba parte de ese mismo trastorno que padecía. No es que el tiempo y los lugares hubieran cambiado de medida o de aspecto, sino que ella había cambiado su forma de entenderlos, y ese problema, por tanto, no era más que un síntoma que tendría que desaparecer.

Se adentró desde la calle Siaghins a la sinagoga de Nahón. Reconoció en las paredes el olor de los orines y las humedades, la ropa lavada tendida en la sombra, los viejos edificios que flanqueaban el camino hacia la Legación. No sintió nada extraño, nada en particular. Edificios que cuando los vio por primera vez ya le parecieron viejos. A medida que se acercaba reconocía los rincones, las alturas, los recovecos donde en otros tiempos se escondían los niños y asaltaban al extranjero para pedir una moneda. Buscaban siempre la piel clara, la ropa foránea y el cabello descubierto si era mujer. Ella nunca les daba dinero, no fuera que compraran alcohol, kif o unas revistas de mujeres desnudas, de pequeño tamaño, que llegaban a puerto con el estraperlo, y los niños guardaban en los escondrijos de sus chilabas.

Llegó por fin a la entrada. Suspiró cuando vio a un hombre de uniforme que le preguntó qué deseaba. «Quiero ver al embajador.» «¿Al embajador? Tendrá usted que ir a Rabat», le dijo en perfecto inglés. Se equivocaba el hombre, o era nuevo en el puesto. «Conozco este sitio perfectamente, de igual modo voy a entrar.» «Como quiera –zanjó él–, veinte dirhams.» «¿Veinte dirhams?», respondió, sorprendida. Le habría dicho que aquello era un abuso, y a punto estuvo de replicarle. Pero no quiso perder el tiempo en discusiones banales. Hurgó en su bolso y dejó el dinero sobre la mesa, sin esperar a que le diera el tique.

Sabía exactamente a dónde se dirigía. Reconoció el vestíbulo, el patio arqueado, las tortugas que merodeaban entre los naranjos de los arriates. Se sintió adolescente, recordó aquella vez, acompañando a su padre, en que se había empeñado en darles de comer. Al padre no le importó. Le dijo que no había problema, que sólo se lo impediría si no fueran tortugas de tierra, sino de las que llaman «de Florida», esas tortugas acuáticas que de un bocado le arrancarían un dedo. Aquella advertencia la atemorizó. Se le agarró como se agarran los miedos en la cabeza a un niño.

La gente que la rodeaba tenía aspecto de turista, de paseante, de visitante casual a la que se arrimaba de un modo instintivo. Junto con ella admiró las fotografías antiguas, los recuerdos de las vitrinas, las estanterías repletas de libros viejos. Atravesó la sala dedicada a Paul Bowles y, si no se hubiera sentido tan apurada, se habría demorado en ella sólo para contarle más tarde a Abraham que había visto sus maletas, su máquina de escribir, las fotografías de sus viajes, una de ellas en la que posaba con Mohammed Mrabet, el hombre que le había narrado al oído historias de magia, de amores prohibidos, de humos de kif.

Pero no quería perder el tiempo en asuntos que en ese instante resultaban intrascendentes. Lo que en realidad le interesaba era encontrar al embajador, al cónsul o a quienquiera que fuese el máximo representante de la autoridad para rogarle que le facilitara un documento de identificación. Estaba segura de que, en cuanto viera con sus propios ojos su nombre escrito en papel timbrado, todos sus miedos desaparecerían. Sin embargo, conforme atravesaba estancias, bajaba escaleras y se asomaba a los balcones del patio interior, en cuyo fondo un hombre de raza negra hablaba de este o aquel presidente, de los convenios firmados con el Reino de Marruecos y de tiempos lejanos que ya eran historia, se daba cuenta de que de nuevo sus sentidos la traicionaban. Allí nadie trabajaba detrás de una mesa, nadie escribía con máquina, no se escuchaban teléfonos, ni había gente formando colas esperando a que un responsable atendiera. Por un momento se sintió obnubilada. En un intento por volver a la realidad, tragó saliva. Un acto intencionado, más que una necesidad.

Miró de nuevo hacia abajo y se dirigió a la escalera en busca del empleado al que pagó la entrada. No pudo evitar un gesto de enojo al enfrentarse a él. Le preguntó qué estaba pasando, dónde estaba el personal de la Legación y las oficinas de documentación, que aquello parecía más un museo que una representación oficial de Estados Unidos. El hombre echó una mirada al compañero, torció la cabeza, esbozó una sonrisa torcida. «Esto es un museo, señora –dijo, sin sacar las manos de los bolsillos–, tendrá que hacer un viaje a Rabat.»

De camino a casa, Josephine sentía algo parecido a una conmoción, una fuerza centrífuga que la lanzaba lejos, muy lejos, casi fuera del planeta. La Legación Americana en Tánger no era más que un edificio fantasma, como lo eran las Galerías Lafayette, como lo era el taller del modisto Apolinar. Ella misma podía ser un fantasma. Un fantasma incapaz de tener recuerdos que no fueran esbozos, trazos, sutilezas. Un fantasma que podía engañar a alguien como Abraham, un hombre que rendía culto a la soledad. Pero no, Abraham no era un fantasma. Abraham era un hombre de carne y hueso que había aparecido durmiendo en su cama.

Las paredes de la Medina le parecieron de pronto demasiado altas, demasiado estrechas, demasiado opresivas. Como el fantasma que era, recorrió la avenida de Portugal casi sin darse cuenta, como si recorriera un sueño, un escenario de humo. Llegó a la rue de la Liberté, y al boulevard Pasteur.

Allí se detuvo en las *boutiques*. Aquí el Olympe, allí Marwan Stores, más allá la Boutique Aziz. Se tomó su tiempo en contemplar los escaparates pegada al cristal con ojos perplejos. Recordó que no había pensado en el dinero. Abrió el bolso y encontró un monedero con billetes doblados. Suspiró. Cuando hubo examinado todos los lugares que le parecieron tener más tránsito de clientes, entró en uno y compró una camiseta con un dibujo que no había mirado de cerca, un pantalón vaquero, unas zapatillas blancas con tiras azules en los costados. Debía vestirse como toda esa gente con la que se cruzaba, como se vestía Abraham. Pensó que a él le gustaría, que descubriría que ella no era una mujer anacrónica, que podía vestirse con la misma ropa que él. Compró aceite de argán en la perfumería Madini, y un perfume de almizcle que le recomendó el vendedor cuando vio que era extranjera. «Atrae a los hombres», le susurró, a modo de confidencia.

Con la bolsa en una mano, buscó la Cuesta de la Playa. Apresuró sus pasos cuando leyó en el cartel el nombre de la calle Ohm. «Al menos ese nombre aún persiste –se dijo–, si alguna vez lo quitaran, ya no podría vivir aquí. No sería mi casa, si es que alguna vez lo fue...» Al subir la escalera, el rostro del joven vecino asomó detrás de la reja. «¡Déjeme en paz!», le espetó. Aguardó entre peldaño y peldaño hasta que por fin desapareció. Se alegró de haberle plantado cara, de demostrarle que, aunque fuera un fantasma, no toleraba esa actitud. Pero a ese sentimiento de euforia que duró sólo un instante le siguió otro muy diferente, una súbita vergüenza, un calor profuso en el rostro, en el cuello, en las palmas de las manos. «No hacía falta haber llegado hasta la humillación», pensó. Habría bastado una mirada desdeñosa, un silencio, una palabra molesta que lo disuadiera.

Había sido demasiado cruel.

Subió los escalones barajando las llaves que Abraham le había prestado, alejándose cuanto antes de aquel escenario. Una vez dentro, se dejó caer con pesadez contra el respaldo del sofá. Se descalzó. Sacó de la bolsa las zapatillas. Las puso a un lado y las miró con atención. Suspiró.

Deseó con vehemencia que Abraham volviera y la encontrara vestida con esa ropa. Ansiaba rodearlo con sus brazos, sentir su contacto cálido y real. Comenzó a experimentar un insólito alivio al evocar la noche pasada, los labios de Abraham, la continuidad de su vello, su cadera al trasluz. Imaginó el amable tacto del interior de sus piernas y construyó su cuerpo desde sus cimientos, desde sus pies descalzos, desde esas manos grandes y fuertes que moldeaban una mujer sin nombre, una mujer sin pasado. Habló en voz baja como si estuviera allí mismo. «Llámame Jo», le exigía. Y él obedecía, acariciaba primero sus senos, su espalda, sus hombros, reconstruía su forma con grumos de barro, con la habilidad de sus dedos, hasta llegar a su sexo, hasta terminar en sus pies.

Los ruidos del puerto ya no le importaban, como no le importaba que el muecín llamara al rezo; ella no estaba allí, ella estaba en la habitación con Abraham, respirando el olor de su cuello, sorbiendo el aire que él exhalaba. Por la ventana abierta entraba el olor de las sales marinas, de las algas maceradas, de un horno que cocía pan.

«Llámame Jo», repetía, y su exigencia le sonaba ridícula, pero necesitaba que alguien afianzara su nombre, que cosiera sus sílabas. Viajó su mano por debajo de la falda, salvó los obstáculos, buscó lo recóndito. Nunca antes el tiempo había sido tan inexistente. Tan innecesario. «Llámame Jo.» Los ruidos seguían. Sus ojos se entreabrían y se posaban en las paredes, en los cuadros de Hopper, en sus personajes solitarios de expresa melancolía. Imaginó entrar en uno de ellos, sentarse al lado de una mujer que tomaba café, en la escalera del porche, junto a esos dedos que se deslizaban sobre el teclado de un piano, dando la espalda a un hombre que bien podría ser Abraham.

Escuchó que alguien subía la escalera justo cuando su cuerpo se rompía en miles de pedazos. Un gato emitió un largo maullido, casi un gemido humano.

«Soy Fatma», anunció la mora, como hacía siempre que entraba en la casa. Le apuraba a Josephine que la mirase de cerca, por sus ojos oscuros, que ahondaban muy dentro. Tal vez supiera que ella posaba desnuda delante de un hombre, y aquello no le gustara. «He traído pasteles –dijo– de sésamo, de almendra, de canela. Mi madre los ha hecho para ti.»

Fatma le rehuía la mirada, seguro que tenía en la cabeza justo lo que Josephine sospechaba. Pero Josephine le agradeció los pasteles. Le ofreció un vaso de leche caliente que ella rechazó, como lo rechazaba siempre. «No me importa si hoy sólo limpias el baño», le dijo. Pensó que si Abraham y ella habían vivido siempre juntos, no era necesaria una limpieza más allá de lo habitual.

Al fin y al cabo, Josephine ya tenía lo que quería. Fatma había llegado a su hora, la había reconocido y le había traído pasteles. «¡Fatma! –voceó desde el salón–, ¿cómo está tu madre?» «Está bien –respondió la mora–. A veces no se acuerda de mí. Me coge de la mano y me pregunta: ¿quién eres tú?» Se asomó en la puerta sólo para decir esa última frase. Y Josephine se horrorizó.

No podía saber Fatma, como no podía saber nadie, que ella misma no sabía quién era, que su universo había desaparecido, que tenía que reconstruirlo poco a poco.

«¿Quién eres tú?»

Aquella frase en su cabeza. Como una obsesión. Como un monstruo hurgando muy dentro. Se olvidó de que Fatma limpiaba el baño. Buscó en la librería del salón el álbum que había visto el día anterior y descubrió que había otro, de un color parecido, aunque algo más nuevo. Cuando lo abrió se encontró a una niña en traje de baño, sólo con la parte inferior. Le apuntaban los pechos como dos cerezas oscuras. Leyó en la nota a pie de foto: «Josephine con siete años». Hubiera llorado de haber querido. Pero llorar es peligroso cuando se teme perder la razón. «¿Quién eres tú?». Josephine es esa niña que sonríe con los dientes mellados, esa que columpia sus pies sentada en el banco de madera, con las manos a los lados. Josephine Perkins.

A Fatma se le había atascado la cisterna del cuarto de baño. La escuchó trastear con la palanca, murmurar palabras de fastidio.

–Vete a tu casa, yo lo arreglaré –dijo Josephine sin moverse del sillón.

–Pero aún me falta el resto de la casa...

–No importa, Fatma. Vente el sábado y sigues con el resto.

–¿El sábado?

Se dio cuenta Josephine de que el sábado era festivo.

–Vente cuando quieras...

Fue a abrirle la puerta, y le dijo que le diera las gracias a su madre por los pasteles.

En cuanto cerró, volvió al salón y retomó el álbum por donde lo había dejado. Estudió con detenimiento cada fotografía, se impregnó del momento, de los paisajes, de los rostros que poco a poco tomaban cuerpo en el orden de su memoria. Eran fotografías sueltas, pegadas aquí y allá sin orden alguno. Pero vio a su madre con su vestido ceñido, terriblemente ceñido. A su padre riendo agarrado al volante de camino a Monument Valley por la Interestatal. Recordó que fue ella quien tomó la fotografía. Le había dejado prestada la cámara. Fotografió los relieves que le parecieron más llamativos: los arcos, las mesas, el Ojo del Sol, las piedras de esquisto.

Con su padre todo era fabuloso.

Cuando terminó advirtió que en todo el álbum no aparecía nadie más que ellos tres: su padre, su madre y ella en un parque de Denver; ella en un punto indeterminado de la carretera; ella en el salón de una casa de extrarradio, en una pequeña ciudad del sur del país. Recordaba los campos de cereales, el horizonte vacío, pilas de tablones bajo los que se escondían las serpientes de cascabel.

Luego, la memoria reaparecía.

En realidad, nunca se había olvidado de las serpientes. Las había apartado de la cabeza, de la misma manera que se apartan los recuerdos que afligen. Su madre se lo advertía cada vez que salía de la casa, allí en la granja de... No recordaba qué lugar. Sí se acordaba de las pilas de madera, de los establos, de los rincones oscuros donde las serpientes de cascabel se refugiaban cuando el calor apretaba. Bastaba, sin embargo, que la madre repitiera ese estribillo fatídico para desear que esa serpiente alguna vez apareciera, encontrar sus ojos brillando en lo oscuro, el encaje perfecto de sus escamas, el sonido hipnótico de sus anillos. «¿Por qué me lo repites tanto, mamá?», le preguntaba, y le respondía ella que era por su bien, que sólo era por su bien.

El mundo entero está lleno de personas que matan por bien.

Josephine, sin embargo, deseaba encontrar una serpiente, una hembra de gran tamaño, joven, musculosa, ante la que no valiera ninguna excusa. Deseaba cogerla por la cola, enfrentar su mirada a la de ella y decirle bien claro, deletreando si es necesario: «No vas a hacerme daño».

Hasta que ese día no llegara no se sentiría tranquila, pasaría el tiempo hurgando en las pilas de madera, entre las piedras, en cualquier rincón oscuro donde hubiese sombra y humedad.

Devolvió el álbum a su sitio y se desperezó como un gato. Estiró los brazos hacia el techo. Bostezó. Al ver la bolsa de ropa en el suelo se apresuró a vestirse. Empezó por el pantalón vaquero. Cuando se lo hubo abrochado, se sintió extraña con esa tela tan gruesa, tan ceñida a su cuerpo. Se colocó las zapatillas, sin calcetines, y se ató los cordones. Si era cierto que empezaba a recuperar la memoria, la última vez que se ató cordones fue cuando se vistió para una fiesta del colegio. Le costaba acertar con el nudo, enhebrar los cabos para hacer el lazo. Había perdido la destreza.

Antes de ponerse la camiseta, la colgó de los dedos para observarla a distancia. Frunció los ojos. «Capitán América», leyó bajo la figura del héroe blandiendo su escudo. Había escogido la misma que vio comprar a una mujer, más o menos de su edad. Tal vez tenía que haberle preguntado al empleado quién era ese hombre del dibujo, el Capitán América. Pero no quería ponerse en evidencia, y, en cualquier caso, lo recordaba de algo. Se olvidó del sujetador, o ella quiso olvidarse. Luego se asomó a la puerta, desde donde podía mirarse en el espejo de la entrada. Giró los hombros a un lado para verse la espalda, la curva sobre las nalgas. Pensó que si alguien le preguntara cómo se sentía con esa ropa, le contestaría que se sentía desnuda, completamente desnuda.

Eso no significaba que no le gustara. Era cuestión de acostumbrarse. Le faltaba, eso sí, soltarse el cabello o mejor cortárselo. Nada de moños ni recogidos. Nada de horquillas, sombreros, redecillas, porque nada de eso había visto en la calle.

Por la hora que era, Abraham no tardaría en llegar. Había escuchado la llamada del Dhuhr, y sabía bien que a él le gustaba comer a esa hora. Encendió la radio con la esperanza de escuchar a Jean Sablon. Aún persistía el enojo, como un poso amargo, como un resto de mal olor. En realidad, si examinaba con atención todo lo que había acontecido esa mañana, descubriría que había utilizado el tiempo con un solo fin, con una única obsesión: reconocerse a sí misma. Se lo había tomado muy a pecho. ¿Podía, acaso, tomárselo de otra manera? Reflexionaba sobre ello y miraba la hora en su reloj de pulsera, dando patadas al aire con una pierna sobre en la otra.

Pasaba casi una hora del rezo del Dhuhr.

En cuanto llegara Abraham le contaría punto por punto sus decepciones. Se quejaría del trato recibido por el personal de la embajada, de que se habían reído de ella. Debía mostrarse firme, confesarle que no había conseguido una sola prueba de su existencia.

Ese impulso inicial, sin embargo, se disipó al instante.

La gente no necesita demostrar su existencia. Si dijera tal cosa, Abraham podría tomarla por una loca. Era imperativo empezar a esconder sus sentimientos, disimularlos de alguna manera.

Fingir cordura.

7

Precisamente andaba preparando la comida cuando Abraham se presentó. Se disculpó diciendo que, cuando fue a salir, se encontró con una mujer que lo estaba esperando. Quería concertar con él una cita, una noche, cualquier noche. No era trabajo, explicó, ni placer. Era más bien un experimento. «¿Un experimento?», preguntó ella. «Sí, un experimento», insistió Abraham.

Josephine trajinaba de aquí para allá sobre la encimera de la cocina. Sus manos se movían rápidas lavando verduras bajo el grifo, troceándolas sobre la madera y echándolas en una cazuela en la que hervía el aceite. Con la camiseta metida por dentro y el pelo suelto, mostraba una actitud resolutiva. Esperaba que Abraham se sorprendiera, que de un momento a otro lanzara una expresión de asombro, una interjección de sorpresa por su cambio de aspecto. Pero Abraham seguía con su perorata. No dejaba de hablar de esa mujer que había ido a buscarlo, de su ropa y del llamativo color rojo de su pelo, confesándole incluso que conocía su nombre antes de que él mismo se lo dijera.

Harta de su indiferencia y de su falta de sensibilidad, se volvió hacia él, apoyó la espalda y las manos sobre el borde de la encimera y le dijo que estaba preparando *harira*. «¿*Harira*?» «Sí. No había nada para comer, y fue lo primero que se me ocurrió», explicó.

Él la miró de abajo arriba. Reparó en sus zapatillas de cordones, en la cremallera del pantalón vaquero, en la figura del Capitán América lanzando el escudo al espectador, en su pelo suelto. Por un instante, Abraham se quedó mudo y ese silencio hizo sonreír a Josephine. No más que un apunte de los labios, una leve insinuación. Esperaba que se lanzara a sus brazos y apretara su cuerpo contra sus senos. Quería sentirlo cerca, pegado a su cuerpo. Pero Abraham carraspeó. Parpadeó repetidamente con esa manía suya que a Josephine comenzaba a parecerle tediosa.

–Jo... –dijo en un titubeo–. La *harira* no es de mis platos preferidos.

Josephine frunció los labios. Sintió la saliva agolpándose en la boca, un montón de palabras que le hubiera soltado de no ser por la estrepitosa bocina de un barco, grave y persistente, que haría ridícula cualquier contestación posterior. Continuó con su trabajo como si no se hubiera interrumpido. Cortó apio, lo lavó bajo el grifo, lo troceó antes de echarlo a freír. Mientras tanto, el mundo a sus espaldas había desaparecido, sólo existía lo que veían sus ojos, lo que tocaban sus manos. No advirtió que Abraham ya había salido de la cocina hasta que se volvió secándose con un trapo y vio su silla vacía.

Para entonces la comida ya estaba hecha.

Se sentó a la mesa y esperó. Suponía que no tardaría. Pero después de esperar varios minutos, dedujo que se había quedado dormido, o estaba escribiendo su novela o leyendo los periódicos. Se levantó y abrió de un tirón el cajón de los cubiertos. Los removió, los colocó con orden en la mesa. Hizo ruido con las copas, con los cajones, con un sacacorchos con el que abrió una botella de vino. Dejó caer a propósito un cubierto, sin obtener resultado.

Lo llamó entonces con voz baja, con desgana, y justo en ese instante lo vio asomar. Agarró una silla por el respaldo, la acercó a la mesa y se sentó. En una mano sujetaba una bolsa de plástico.

–Gracias –dijo con una mirada fugaz a los ojos de Josephine–. Siento que se haya hecho tan tarde.

Josephine agradeció de forma íntima ese reconocimiento y le dijo que si deseaba sopa, él mismo se la sirviera. Abraham dijo que sí, por supuesto. Sacó un plato, lo llenó hasta el borde y se sentó frente a ella. Durante unos segundos, tal vez minutos, comieron en completo silencio. Luego él se limpió los labios, la miró a los ojos y dijo:

—Está deliciosa.

Josephine se removió en la silla. Cogió una goma que llevaba en la muñeca y se anudó una coleta.

—Está bien —dijo.

Para entonces, los ruidos del puerto se reanudaban, y el martilleo metálico de las grúas se escuchaba como un rumor sordo y grave. Josephine le daba vueltas a lo sucedido esa mañana y, una vez tras otra, se convencía de que de ninguna manera contaría a Abraham cómo se había sentido.

Más le dolía su indiferencia y, peor aún, su silencio. Dado que le parecía imposible que no se fijara en su notorio cambio de aspecto, en la ropa nueva, en su pelo, en sus párpados sin sombra y en sus labios sin color, sospechó que la ignoraba a conciencia. Movía la sopa para que se enfriara. En cada vuelta de la cuchara, un pensamiento, en cada pensamiento, una ínfima decepción. Parecía que su presencia no hubiera cambiado su vida, que amanecer con un desconocido fuera la cosa más natural.

Tan sólo unas horas antes habían hecho el amor, y ahora, de nuevo, los mismos desconocidos que habían compartido una cama compartían ahora una mesa y un plato de comida.

—Abraham —dijo poniendo en palabras un pensamiento—, esa fotografía, la del Cañón del Colorado, ¿de dónde ha salido?

Él levantó los ojos. Carraspeó.

—No sabría decirte...

—¿No? ¿Por qué no?

Él se encogió de hombros.

—Siempre ha estado ahí, en esa pared.

Josephine jugó con la cuchara en el plato vacío y dijo:

—Creo que esa fotografía la saqué yo.

—¿Tú?

—Sí.

—¿Cómo lo sabes?

—Está sacada a través de la ventanilla de un coche.

Abraham no pareció convencido. Rebañó la sopa y volvió a limpiarse los labios.

—Me acuerdo de que me costó encontrar el ángulo. Mi padre conducía. Si te fijas bien, puedes ver sus manos en el volante.

—Bueno —admitió él—. Habrá más gente que saque fotografías desde la ventanilla de un coche.

Josephine apretó los labios. Estaba segura de que ella era la autora, lo sabía no sólo por el detalle de las manos, sino por el ángulo. Recordaba además que había acompañado a su padre a la Casa Ros, en el número 14 del boulevard Pasteur, y que le pidió encarecidamente a la empleada, una señora de nariz respingona, que lo revelaran en papel Agfa, sólo porque ese nombre le sonaba mejor que Kodak. Lo recordaba tan a la perfección que de buena gana se habría levantado para comprobarlo. No tenía más que desmontar el marco y extraer la fotografía.

Pero empezaba a dudar de sí misma. De no ser cierto, de ocurrir como había ocurrido con el modisto, con las Galerías Lafayette o la Legación Americana, Abraham podría pensar que ella era alguien que imaginaba más que pensaba, que veía trampas, ardides y conspiraciones allá donde no había más que simples malentendidos.

Decidió descartar esa idea y comenzó a hablar de la comida, de que había hecho la sopa con hierbabuena fresca comprada en el zoco, de que no soportaba la visión de los cráneos de los corderos, ni los cuernos quemados, ni el olor de las vísceras en los mostradores de la carnicería. Pasó luego a hablar del queso fresco, de los puestos de aceitunas, de las tiendas de cuero, y de ahí a una mujer que pedía dinero con un niño en los brazos. Se lamentó de esa pobreza como si fuera nueva, como si antes no existiera.

Abraham no ignoraba sus devaneos. La notaba nerviosa, atenazada por algo.

Se levantó mientras ella hablaba, se perdió en el pasillo y volvió con el cuadro en las manos.

Josephine se calló de inmediato y contempló cómo Abraham desmontaba el marco, apartaba con cuidado el cristal y extraía la fotografía del bastidor.

—No se ve nada, Jo –declaró–. Sólo la marca del papel.

–¿La marca?

–Sí.

–¿Qué marca?

–Agfa.

Josephine le arrebató la fotografía de entre los dedos. La contempló con atención, se sustrajo del mundo y se trasladó a ese instante en el tiempo y a ese lugar impreciso de la carretera Interestatal en el que había visto los rayos del sol poniente atravesando el hueco horadado en la montaña. A ella le pareció mágico. «Toda tu vida recordarás esta imagen», le había dicho su padre. Y, en efecto, tuvo razón. El sol ya no era una luz que atravesaba una montaña, el sol era una marca en la retina que asomaba cuando dormía, cuando despertaba, cuando hacía el amor. Lo había visto precisamente la pasada noche, cuando Abraham la trasladó a esos lugares de precipicio, en el momento inmediato. Aquel sol la deslumbró; luego, con la misma facilidad con la que había surgido, desapareció.

Como desapareció el día en que su padre se marchó de casa.

La vida, desde entonces, sería diferente.

–Jo... –dijo Abraham al verla abismada–. Está bien si esta fotografía la has tomado tú. Me parece bien.

Abraham rodeó su cintura con un brazo, la atrajo para sí, la besó en el costado del cuello, un centímetro por debajo de la oreja. Le dejó en la piel un recorrido húmedo. «Te quiero», le dijo. Ella se encogió ligeramente y se volvió hacia él.

–No sé por qué no soy capaz de reconocer nada –se quejó–. Es como si hubiera nacido de nuevo. Cada cosa que toco, cada objeto que veo construye un recuerdo que antes no existía. Es como si inventara mi vida, una vida ficticia. Soy como el personaje de una novela, un actor de película. No me siento dueña de mis recuerdos, los hago míos sólo para creerme...

A Josephine la turbó ver a Abraham frunciendo los ojos, mostrando sin tapujos un escepticismo que a ella le costaba entender. Si ahondaba en sus pensamientos, si los analizaba con atención, en ocasiones sentía que Abraham era un embaucador. Sus silencios y ausencias, sus dudas, la indolencia que mostraba cuando la veía angustiada le hacían sospechar que era él el depositario de sus recuerdos, y que los iba soltando poco a poco, dosificándoselos, ofreciéndoselos como una golosina que ella aceptaba sin discusión.

Apoyó los puños en la mesa, se levantó y, apretando las mandíbulas, masculló:

—Tú no me crees...

Abraham miró hacia el techo y se peinó el cabello con los dedos de una mano.

—No sabes lo perdida que me siento —siguió diciendo Josephine—, el esfuerzo que me cuesta fingir que mi vida no tiene nada de particular, fingir todos los días, fingir que vivo una vida corriente —se inclinó un poco más sobre la mesa, para acercarse a Abraham—. No conozco a nadie, Abraham. A nadie. Todas las personas con quienes me cruzo son para mí tan desconocidas como tú. Y, por supuesto, yo soy una desconocida para ellos...

Por un instante, a Josephine le tembló la voz. Las piernas se le doblaron. Se dejó caer sobre la silla, arrugó una servilleta en una mano y se la llevó a los ojos.

—Jo...

Josephine lo ignoró. Levantó los ojos al techo, al punto justo donde hacía un momento miraba Abraham. Se sentía conmocionada, sacudida por cuanto había sucedido esa mañana. En contra de sus propósitos, experimentaba la necesidad de contárselo a Abraham, quería que supiera cuán sola se había sentido. Apretó los ojos para reprimir las lágrimas.

—Esta mañana he ido a la Legación Americana y, ¿sabes? —dijo mirándole a los ojos—. Ya no es Legación, ni embajada. No es siquiera un edificio oficial. Es un museo, Abraham, mi vida. Un museo... Lleno de muebles viejos, de fotografías antiguas, de vitrinas llenas de reliquias. —La sirena de un barco añadió un punto de dramatismo que a Josephine la hizo sentir ridícula—. Fui a preguntar por mi nombre a un museo, ¿te das cuenta? A un museo.

Por supuesto, no había oficinistas, ni teléfonos, ni máquinas de escribir. ¡Oh, sí! –exclamó–. He visto la máquina de escribir de Paul Bowles, ese escritor que tanto te gusta. ¿Qué te parece, Abraham, mi vida? Un museo...

Abraham rebuscó entre sus piernas la bolsa que había traído. La tanteó con los dedos para asegurarse de que todavía seguía allí. Por el hueco de la puerta entraba el sonido del rellano de la escalera. Unos vecinos discutían en su dialecto. Abraham no entendía nada, no conocía nada más que un puñado de expresiones locales. El resto era para él puro enigma.

–He traído algo para ti.

Josephine se envaró. Por un momento, estuvo a punto de levantarse y marcharse. Pero la habitación no era un buen lugar donde buscar refugio. En realidad, no había refugios para ella en esa ciudad. No tenía la seguridad de que fuera suya esa casa cercana a la playa y a la Medina. Le era extraña la gente, los edificios, la disposición de las calles, los bloques de pisos que se alzaban al final de la playa.

Tánger era una ciudad extraña que, como una caracola, recogía los ecos del mundo entero.

–Mírame –dijo, clavando sus ojos en los de él–. ¿Ves mi pelo? ¿Ves mi ropa? Esta cosa que llevo aquí que no sé qué es –dijo estirándose repetidamente de la camiseta con una mano y mostrando con vehemencia el escudo del Capitán América–. ¿Qué es este monigote? Dime. ¿Qué es? Esto también es fingir, Abraham. Esto también es fingir. No te has fijado en mi ropa –lo acusó.

Abraham se removió en el asiento. Cerró una y otra vez los ojos apretándolos con fruición.

–Sí... Sí me he fijado.

–¿Y...?

–No me gusta demasiado.

–¿No...?

–No.

Josephine se quedó perpleja. Se arrellanó en el asiento, abatida. Volvió a mirar al techo, a la pared del fondo, al teléfono al que Abraham miraba como a un enemigo, como si fuera a saltar sobre él. No sólo Tánger le era extraña. Le era extraña la casa, le eran extraños los rostros de los vecinos, las sirenas del puerto, el vuelo de las gaviotas argénteas, siempre merodeando sobre las azoteas en busca de restos de comida. Si reflexionaba, toda su vida era una extrañeza. «Así debe de ser –dedujo– la vida de un loco: un lugar extraño donde vive gente extraña.» Con ese pensamiento afloró su temor primigenio. Su cabeza se llenó de tinieblas de madriguera, de hilos de araña, de pieles de escama.

Y ese martilleo...

Y esa horrísona partitura de ruidos de grúa, de cadenas de hierro, de golpes de contenedor, de vehículos de carga, de frenos, de barcos que parten, de barcos que arriban...

Josephine echó la silla hacia atrás y se incorporó con violencia. Buscó el borde de la camiseta, estiró hacia arriba, se la quitó y la lanzó contra la pared.

Abraham la miró estupefacto. Abrió la bolsa, hurgó en ella, pero antes de encontrar lo que andaba buscando, Josephine ya se precipitaba hacia el dormitorio.

Justo en el instante en el que cerraba la puerta, retumbó la bocina de un barco.

8

Por la mañana la despertó un golpeteo en la persiana. Un ruido inconstante, a veces un roce, a veces un estrépito violento. Curiosamente, los ruidos del puerto se escuchaban muy lejos, en otro lugar, acaso debido al viento, que había cambiado de dirección, acaso porque ella no quería escucharlos y su oído prefería ese sonido cambiante que, por alguna extraña razón, asociaba a una firme caricia, a la dulce sacudida de un cuerpo humano.

Extendió la mano sobre el colchón. La deslizó arriba, abajo, recorrió el borde hasta la otra almohada. Pero sólo encontró el vacío y el incómodo frescor de la sábana.

Cuando abrió los ojos y miró hacia la ventana, a Josephine la sorprendió una figura aparatosa esforzándose en entrar por una rendija entre los cristales. «¡Fuera!», gritó, protegiéndose con las manos del fulgurante sol de la mañana. Sólo al verla desplegar las alas, descubrió que había tomado a una gaviota por un ave de mal agüero. Se echó de nuevo, acarició la sábana.

Hacía ya rato que había amanecido. No escuchó levantarse a Abraham, ni olió el aroma de las tostadas y el café recién hecho. Sin embargo, aunque se hubiera despertado a tiempo para desayunar con él, no se habría levantado. Se habría quedado en la cama dormitando, esperando a que se marchara. Se sentía dolida y al mismo tiempo ridícula. Había cometido una equivocación al comprarse esa ropa moderna, que para ella carecía de estilo. Tal vez con la intención de justificarse, pensó que lo hizo sólo por complacerle, por no parecerle extraña. Pero Josephine no se dejaba engañar. La ropa formaba parte de la farsa que representaba, como el nombre, Josephine Perkins, que había tomado por suyo a pesar de que nadie se lo había dicho, y la única prueba era una fotografía antigua con un nombre sin apellido, sin la certeza de que esa niña fuera realmente ella.

Ni siquiera se molestó en guardarla. Más que desvestirse, se despojó de ella, la dejó tirada en el suelo, al igual que había hecho con la camiseta.

No, no habría salido de la habitación. No saldría nunca. Volvería a dormirse mirando a un cuadro colgado muy cerca del otro, este muy diferente. Ya no era un espacio interior, una habitación de hotel con un sillón verde y unas maletas sobre un suelo también verde. En este cuadro había una casa de cuatro plantas frente a una vía de tren. Una casa enorme con ventanas en arcos pareados y cristales opacos. A una gran fachada la remataba una torre alta y ancha como la boca de una chimenea. En el porche de entrada no se distinguía la puerta. Parecía un rostro sin boca, con los ojos cerrados. El cielo era luminoso, sí, y la casa entera resplandecía. Pero con una luz tan dura y un sol tan poderoso, las sombras fragmentaban la imagen en compartimentos estancos que se sucedían en gris y blanco, en gris y blanco.

Todo indicaba que era una casa deshabitada, una casa que ella, estaba convencida, alguna vez habitó.

Tal vez no existiera, tal vez no fuera más que un residuo de su memoria, una adaptación necesaria para construir sus recuerdos, como todos los demás que iban surgiendo poco a poco y tramaban su imaginaria vida.

Pero Josephine recordaba con claridad esa casa aislada a la que nunca acudían visitas. La gente rehuía de una mujer que hacía callar con una palmada de manos. Una mujer hermosa, más o menos joven, más o menos culta, que vivía con una hija única. Se habían instalado en ella hacía ya algún tiempo, huyendo de la vida campestre, del ganado suelto, de las serpientes de cascabel y los nidos de araña. Esa mujer veía dioses oscuros allá hacia donde mirase: en un gato negro; en un pan del revés; en las tijeras abiertas; en los paraguas; en la sal derramada, en los vestidos amarillos como el color del azufre, como el del infierno; bajo una escalera; los martes y trece; el pie izquierdo al salir de la cama; los cuadros torcidos, y muchos, muchos más dioses, dioses en todas partes. Dioses hasta la extenuación. Cuando se exasperaba, apelaba al arcángel san Miguel y reclamaba su intercesión, que alejara al diablo de su camino. «San Miguel, san Miguel...», decía con las manos en oración.

Josephine lo vivía al poco de levantarse. De la mañana a la noche, e incluso durante el mismo sueño si las lechuzas cantaban. Se había acostumbrado a vivir así, porque lo había mamado de niña y había crecido con ello.

Recordaba que al principio no vivían solas: estaba su padre. A él le gustaba pintar al óleo. No era un gran artista ni aspiraba a serlo. Improvisó un taller en la buhardilla, en la tercera planta. Pasaba horas pintando con la puerta abierta, de modo que toda la casa se impregnaba del olor de los óleos, de la trementina, del aguarrás que usaba para limpiar los pinceles. Josephine lo recordaba como un flujo de aire que descendía despacio la escalera y alejaba de los rincones los malos augurios. A su madre la alteraba que dejara la puerta abierta. Tropezaba con los muebles de la casa, se le caían los platos y, de vez en cuando, lanzaba un grito desde el pie de la escalera. Josephine nunca supo si lo hacía por irritarla, o porque también él creía en fantasmas o porque esperaba que ella subiera.

A menudo lo acompañaba. Subía a la buhardilla y permanecía en silencio a su lado, observando las mezclas que hacía sobre la paleta, calibrando untuosidades, midiendo pinceles y, de vez en cuando, preguntándole por qué usaba este o aquel color. La maravillaban sus nombres: amarillo de Nápoles, azul cobalto, tierra de Siena, verde cromo, laca de granza... «Tu madre está como una regadera», decía sin mediar palabra. Ella se llevaba la mano a los labios, reía. En esos tiempos reían. Se tomaban a broma las excentricidades de la madre, sus ocurrencias.

Otra cosa era cuando gritaba, cuando culpaba a la mala suerte de tener por marido a ese hombre, de haber parido a una hija rebelde.

71

La situación, en cualquier caso, se sobrellevaba. No es lo mismo un dolor solitario que un dolor compartido. Si alguna vez las cosas se salían de quicio, siempre aparecía el padre y procuraba imponer la razón. Otras veces era ella quien se interponía y sofocaba la furia de la madre sin emplear amenazas, sin gritos, sin lágrimas. Empleaba palabras amables y, sólo en el caso de que no funcionara, alargaba la mano para coger la del padre, estrechaban un lazo.

A la madre se la llevaban los demonios, literalmente. Sentía celos de esa comprensión infinita, de una niña que se resistía a reconocer el peligro, a aceptar que la muerte sobrevolaba esa casa y todas las casas donde habían vivido.

Un día el padre se marchó.

La casa estaba cerca del apeadero del tren. El padre no tuvo más que recorrer a pie un pequeño camino, con una mano agarrada a una maleta y la otra cerrada en un puño. Josephine esperó en el porche a que el tren pasara por delante. Cuando pasó, pudo verlo asomado mirando hacia ella.

Josephine recordaba ese instante como algo rápido pero, al mismo tiempo, lento. No tuvo tiempo de levantarse, de acompañarle un trecho antes de que el tren tomara velocidad. Aunque sí alcanzó a ver su rostro, tan cerca de la casa pasaba la vía. Lo que vio fue la expresión de la derrota. Los labios apretados, las cejas, ese puño de piedra apoyado contra el cristal, acaso pidiendo justicia o acaso una herida.

Josephine nunca sabría con exactitud cuál fue la razón y, sobre todo, por qué no la llevó con él. Sabía que era un mujeriego, que la relación con su madre era difícil, que por las noches escuchaba quejas, reproches, turbias discusiones que a menudo acababan con un portazo. En una de sus últimas discusiones escuchó al padre decir que se iba a Finisterre.

La madre se vio libre para seguirle los pasos a la hija. Comenzó a vigilar sus horas de sueño, sus lecturas, el tiempo en el baño, las conversaciones en el teléfono, sus amistades. Josephine, sin embargo, se había acostumbrado a esa forma de vida. Si alguien le decía que aquello no era normal, si escuchaba una crítica, un asomo de censura, por leve que fuese, ella defendía a la madre, la colmaba de virtudes, la tildaba de madre ejemplar. Con el tiempo, todo el mundo pensó que la hija era como la madre, porque todo el mundo se contagió de su resignación.

Quien no se resignaba era la madre.

Todas las noches se sentaba frente a la ventana con un libro en las manos, siempre el mismo libro. Si escuchaba algún ruido, un golpe metálico, un retemblar de la grava, apartaba la cortina y miraba hacia la oscuridad. Esperaba, bien lo sabía Josephine, que un tren llegase a deshoras y que ese tren dejase al marido en el apeadero.

Con el tiempo, ya fuera porque había crecido, ya porque había perdido cierto respeto o porque un día se había caído la sal y la madre lloró estremecida, se cerró en su cuarto y no salió hasta pasados dos días, Josephine comenzó a cuestionar las señales de las que la madre la advertía. Comenzó a tildarlas de obsesiones que rayaban la exageración, e incluso la locura. «Mamá –le decía–, te excedes, la gente no vive con ese miedo.» Pero la madre no podía entenderla, porque los dioses habían penetrado dentro de su cabeza, y lo que verdaderamente deseaba era que entrasen en la cabeza de su hija para salvarla. «Hija –le respondía–, es que tú no sabes dónde ronda el peligro, eres demasiado joven.»

Y Josephine acababa dormida con esas manías que se hacían sueño.

Habría pasado la mañana con la vista puesta en esa casa frente a una vía, enhebrando un pasado que hacía suyo, si no fuera porque escuchó el crepitar de unas llaves y los pasos de alguien que entraba. Le extrañaba que Abraham volviera tan pronto, una hora antes del rezo del Dhuhr. Sin embargo, lo deseaba. Deseaba que entrara y se acostara a su lado, sin hacer preguntas, sin mediar prolegómenos. Después de varios minutos de espera comenzó a dudar. Pensó que sus reproches lo habían herido y algo entre ellos se había roto. Abraham no entraría a menos que ella se lo pidiese. Estaba tan convencida que se sobresaltó cuando alguien golpeó la puerta y preguntó si había alguien dentro.

Reconoció la voz de Fatma y saltó de la cama tal como estaba, con el camisón corto, que apenas cubría sus nalgas, y el pelo revuelto.

En cuanto salió la cogió con firmeza de las muñecas, la miró muy fijo a los ojos y le dijo:

—Fatma, tú me conoces...

—Sí... —respondió ella arrugando la cara.

—Conoces a mis amigos, ¿verdad?

—No lo sé...

—Sí, tú los conoces —insistió Josephine, tirándole de los brazos—. Llévame con ellos.

—Pero no sé quiénes son sus amigos —dijo Fatma con ojos suplicantes.

—Llévame. Llévame con ellos.

Pero Fatma sólo se fijaba en la desnudez del cuerpo de Josephine, sus ojos hinchados, el pelo revuelto.

—Tengo que trabajar —dijo retorciendo los brazos hasta que consiguió zafarse.

Josephine sintió un súbito calor. Se llevó las manos a las mejillas y pidió disculpas a Fatma. Luego caminó descalza hasta la cocina. Buscó su camiseta y vio la bolsa que había dejado Abraham. Hurgó dentro y encontró la camiseta del capitán América, perfectamente doblada, debajo de una bolsa de plástico con unos zapatos de color verde y tacón. Más abajo una ropa de tacto agradable, también del mismo color, un sombrero *cloche*, una chaquetilla cruzada, una falda de tubo. Debajo otro vestido de color crema y una falda larga de gasa, con blusa a juego y otro sombrero *cloche*.

Se llevó todo a la entrada para cerciorarse primero de que las tallas eran las adecuadas. Se probó una prenda tras otra. «*This one fits me, and this one, and this...*», le decía a su imagen en el espejo. Se le iban al inglés las palabras, feliz de comprobar que todas las prendas le entallaban y se le amoldaban al busto como si el mismo modisto Apolinar las hubiera cortado y cosido para ella. Las mangas tenían la largura justa, al igual que el ancho de los hombros y el borde de las faldas. Los tres pares de zapatos eran de su talla, de tacón alto y tiras estrechas que dejaban la piel al aire, justamente los que hubiera comprado en las Galerías Lafayette. De entre los vestidos escogió uno azul de falda plisada, estilo *swing*, que le pareció adorable.

Pasó un largo rato vistiéndose y desvistiéndose frente al espejo, combinando colores, formas, estilos. Una suerte de euforia la doblegaba, la arrancaba de ese instante preciso en el tiempo para llevarla a otro mucho más lejos, a una casa alta y muda, en las afueras de un pueblo que Josephine ubicó en Maine. La madre le había comprado un vestido negro, de puntos azules, con una falda cuyo borde llegaba casi a los pies. Un sombrero negro sin apenas alas, zapatos cerrados, de medio tacón. Ella sabía que lo había hecho para ganársela, por la marcha del padre, y porque, con toda seguridad, temía que ella hiciera lo mismo, que se marchara un día sin previo aviso.

La madre, para mitigar la soledad que la ausencia del marido le causaba, llenó las paredes de espejos, de vitrinas, de grandes lunas de cristal que bañaban la casa con un fulgor plateado. Los dormitorios, la cocina, los baños, la buhardilla, la casa entera parecía repleta de gente, imágenes repetidas de ella misma que, lejos de incomodarla, la reconfortaban.

Aquel día, mientras se probaba el vestido, ella la observaba a escasos centímetros de su espalda, tan pendiente de la ropa que se probaba como de la expresión de su rostro. Mientras le abrochaba los botones de atrás, Josephine la miraba a través del espejo y se fijaba en su expresión adusta, en sus cejas perfectas, en unos pendientes largos, de plata negra, que había heredado de la madre, y de la madre de su madre. Nunca quiso limpiarlos, por temor de que el brillo se llevara la plata. «¿Qué te parece?», le preguntó la madre con entusiasmo cuando terminó de abrocharle el último botón. Josephine se miró en el espejo. Intentó apartar cualquier indicio de resentimiento y se limitó a observarse como si frente a ella sólo hubiera una extraña. Pero lo que encontró fue una mujer con una cintura desdibujada en un vestido de cuerpo entero, el pecho escondido entre los encajes, un sombrero que parecía la espalda de un escarabajo y unos zapatos con un tacón insignificante. «*This doesn't fit me*», le dijo. La madre abrió mucho los ojos. «Es imposible –respondió–, conozco tu talla.» «No, mamá, no es sólo la talla.»

Se deshizo de la ropa como si escapara de ella, como una serpiente que muda la piel. La dejó de malas maneras sobre el respaldo de una silla, y le dijo que de ninguna forma se la pondría, que era oscura, triste, y que con diecisiete años escogía ella misma la ropa que le gustaba.

Tan absorta estaba Josephine en su rememoración del pasado, aprovechando cualquier ocasión para recomponerlo, que en su imagen se veía con aquellos mismos diecisiete años pero completamente desnuda, con las manos cubriendo los senos para que la madre no la reprobara. Un gesto de pudor, aunque fingido, era suficiente para salir del paso.

Sólo despertó de ese momento y salió del espejo cuando escuchó que algo caía en el suelo y se rompía en pedazos.

–Señora –dijo Fatma–, la sal se ha caído.

Josephine se estremeció. Sintió una punzada en el cuello y cómo toda la piel se le erizaba.

9

Cuando por fin llegó Abraham, encontró a Josephine en la cama con el pelo tapándole los ojos y las piernas encogidas. Le rozó el hombro, por si dormía, y le preguntó si había pasado algo. «La sal –dijo ella en lo que fue casi un suspiro–, la sal se ha caído.» «¿*La sal?*» Abraham arrugó los ojos. «Son los ruidos, Jo. Los ruidos del puerto, que te han roto los nervios. Dentro de poco ya no habrá ruidos. Escuché en la radio que están construyendo un puerto nuevo, a cuarenta kilómetros.» «Pero la sal se ha caído», insistió ella. Abraham se acercó a su oído, le apartó el pelo y le dijo, casi en un susurro: «Nadie te va a castigar», Jo.

–¿Dónde has dormido? –preguntó Josephine al recordar que llevaba durmiendo desde el día anterior.

–En el salón.

–Has desayunado solo... entonces.

Él asintió.

–Vamos, se me ha ocurrido una idea –dijo cogiéndola de la mano.

–¿Una idea?

–Sí, una idea.

Sentada a la mesa de la cocina, Josephine miraba cómo Abraham limpiaba sardinas y las rebozaba mientras ponía a calentar aceite en una sartén. Sonaba en la radio una emisora local. Ella no entendía el idioma, y le extrañaba que Abraham hubiera escuchado las noticias del puerto si tampoco él lo entendía. Pero pensó que, al fin y al cabo, no tenía por qué mentirle. Un pensamiento la llevó a otro, y se preguntó por qué él siempre iba vestido con la misma ropa. No es que no le gustara la camiseta del conejo, se había acostumbrado a verla, e incluso ahora le parecía simpática. También ella llevaba la misma ropa, pensó al tiempo que se estiraba del borde del camisón, todos los días parecen iguales.

–Siento que hayas dormido solo –dijo.

Abraham sumergía las sardinas enharinadas en el aceite hirviendo, sujetándolas por la cola.

–No importa –respondió, sin volver la espalda.

Josephine comenzó a sentir una extraña calma. Se había olvidado por completo de la sal, y también de los ruidos del puerto, si es que alguna vez la habían molestado.

–Abraham...

–Sí.

–He soñado mucho esta noche.

–Has tenido mucho tiempo para soñar –bromeó él.

Ella sonrió.

–Sí. ¿Sabes que mi padre también pintaba?

Abraham cogió una sardina y la enharinó por un lado, luego por el otro.

–Tenía un taller en la buhardilla –siguió diciendo–. Arriba del todo. No sé si para no molestar a nadie o para que nadie lo molestara a él. Le gustaba ese sitio porque desde arriba se veía el apeadero, y también porque era el único lugar de la casa donde no había espejos. Muchas veces me sentaba a mirar cómo pintaba. A veces venía también un hombre, alguien que a mi madre le caía muy mal. Mi madre... –dijo interrumpiéndose a sí misma–. Mi madre era algo especial. Creo que si mi padre seguía con ella era sólo por compasión.

–Sí... –convino Abraham–. La compasión... Si fuera un pecado, la compasión sería el peor de todos.

Josephine miró al teléfono. También a ella le parecía un enemigo. Tenía grabado a fuego su tono de llamada desde el día en que la madre la castigó. No recordaba exactamente por qué. Tal vez porque abrió un paraguas en casa o porque rompió un espejo. Cualquier cosa podía ser. La madre había encontrado sangre en su ropa y el padre la llevó al hospital. Estaba de cinco meses y medio y, cuando el padre llamó a casa, le dijo que el niño había muerto al nacer, que sus pulmones eran pequeños, que no estaban hechos y que, al parecer, manoteó con sus dedos el aire antes de respirar por última vez.

Abraham encendió la campana extractora. El aceite crepitó. Cogió luego un cuchillo y un afilador. Cada vez que el filo resbalaba sobre los bordes de acero a Josephine la recorría una sacudida eléctrica. De siempre, desde niña, recordaba que el pelo entero se le erizaba al escuchar ese roce metálico, sonido que asociaba siempre a la madre cuando hacía pedazos las anguilas que le traía un vecino del pueblo. Vivía cerca del río y, aunque las despreciaba por su tacto resbaladizo, él sabía que la madre las cocinaba. Josephine siempre vio en ese interés algo más que un gesto amable y, aunque le parecía imposible que alguien pudiera desear a una madre como la suya, sospechaba que eran precisamente sus extrañezas lo que más atraía a ese hombre. En cualquier caso, el sonido del afilador la espeluznaba y le venían a la memoria los trozos cortados de anguila retorciéndose sobre la tabla, el boqueo inútil de la mandíbula para atrapar el aire.

—Ese hombre, Ramón, no sé de dónde salió –siguió diciendo Josephine–. Creo que era actor. Recuerdo que se oscurecía los ojos, como en las películas antiguas. Mi padre tenía mucho apego por él. A veces pasaban tardes enteras en la buhardilla, bebiendo *whisky*. A ese hombre le encantaba el arte, no sólo la pintura. Y a mí me encantaba su forma de hablar.

Abraham se quitó el delantal y se sentó a la mesa con una botella y el sacacorchos cogido entre dos dedos. Llenó los dos vasos con vino y dijo:

—¿Un actor?

—Sí. Creo que era un actor. Alguna vez oí decir a mi madre que ese hombre era un perverso y que pasaba demasiado tiempo en la buhardilla encerrado con mi padre. Si te soy sincera, a mí me divertía. Era muy alegre.

Josephine cogió el vaso de vino y le dio un sorbo largo.

—Abraham...

—¿Sí...?

—Gracias por la ropa.

Abraham cortó un trozo de pescado. Se lo llevó a la boca. Se sentía cómodo comiendo pescado junto a Josephine. Tal vez pensara que la vida entera debería ser siempre así de sencilla: dos personas sentadas a una mesa comiendo pescado frito y bebiendo vino.

—Me he probado toda la ropa y me sienta muy bien. Parece hecha para mí. Me gustan los colores. La caída de los hombros es perfecta, los bordes de falda, incluso la talla. Si hubiera visitado al modisto Apolinar, le habría pedido justo esas telas y esos colores. Qué coincidencia, ¿verdad?

Abraham sonrió.

—Sí, qué coincidencia —dijo.

—Abraham...

—Sí...

—Algunas veces tengo la sensación de que me conoces, que sabes todo de mí. Y pienso que tú existes para que yo exista, y yo existo para que tú existas. Parece muy romántico, ¿no crees?

—Lo creo.

—¿Y de dónde la sacaste?

—¿La ropa?

—Claro.

Abraham vaciló un par de segundos antes de responder.

—Aún viven españoles en el barrio —dijo—, conozco a unos cuantos. Gente muy mayor. Hay quienes se han ido a vivir al antiguo hospital. Pero sus cosas las han dejado en casa. Muchos de los que vinieron hace años pensaban que alguna vez volverían a su tierra. Y querían volver con todas sus cosas. Pero la ropa se ha quedado antigua. Lo único que he hecho es pedírsela.

—¿Así como así?

—Así como así.

—Pero... ¿por qué a mí me gusta esa ropa antigua?

Abraham se levantó y vació los restos en el cubo de la basura.

—Bueno —dijo, al tiempo que sonreía—. Tienes gustos originales. Eso es todo.

—¿Eso es todo?

Josephine no pareció conforme con la explicación de Abraham. Pero no porque no confiara en él, bastaba verlo desenvolverse en la cocina, la familiaridad que mostraba con los objetos de la casa y la naturalidad de su conducta, para darse cuenta de que, fuera su marido, un amigo, o un desconocido, jamás la engañaría. Sin embargo, dedujo que tal vez también él podía estar engañado, porque le extrañaba que no diera importancia a una coincidencia tan excepcional. Por un momento pensó en preguntárselo, pero luego se abstuvo de hacerlo cuando dedujo que, al fin y al cabo, se había tomado la molestia de ir a buscarle esa ropa.

Se había hecho tan tarde que la llamada del muecín los sorprendió a la hora de Asher. Recogieron la mesa entre los dos. Se asearon. Se asomaron al ventanal. Y seguramente, al tiempo que contemplaban el mar de azoteas y los buques del puerto, sopesaran la posibilidad de encerrarse en el dormitorio, de acariciarse, de hacer de ese tiempo un tiempo valioso. Josephine aún llevaba puesto su camisón rojo y no le disgustaba admitir que en absoluto se sentía incómoda, sino que más bien la ayudaba a consolidar esa cercanía con Abraham que a cada instante era más firme y segura. Si un par de días antes tenía la sensación de ser una extraña en un lugar extraño, ahora sentía que ese mundo y ese tiempo le pertenecían a ella tanto como a él.

Sin embargo, durante toda la mañana no dejó de pensar en que había arrastrado al presente un pasado que no habría surgido de no ser por ese cuadro con la casa frente a la vía en la que, estaba convencida de ello, alguna vez vivió.

Recordaba la vez en que su padre le pidió que subiera a la buhardilla para ver un cuadro. Había pintado el apeadero y quería que le diera su opinión del punto de vista y del encuadre. Cuando entró, encontró a Ramón asomado a la ventana. No lo había oído subir y pensó que tal vez había pasado la noche en la casa. A

Josephine le encantaba ese hombre, por quien sentía la misma afinidad que el padre sentía por él. A la madre le disgustaban sobremanera esas reuniones que calificaba de «perversas e inusitadas». Le costaba encontrar sentido a esa asociación de marido pintor, actor e hija adolescente, y si alguna vez el marido la invitaba a que subiera para tomar una copa de jerez junto con su amigo mientras él pintaba, de inmediato rehusaba.

No se le escapaba a Josephine que algo de razón tenía la madre, si bien no veía en ello nada perverso y tenía además el pálpito de que, gracias a ese hombre, su padre conservaba su buen humor.

Ese día Josephine conversó largo y tendido. Hablaron del cuadro del apeadero, del que ella dijo que le encantaba que los bordes del cuadro coincidiesen con los bordes de la ventana. Hablaron del trabajo de actor, de lo difícil que era confiar en alguien que se dedicaba a fingir. Ramón dedicó a su padre una intensa mirada, y se rio por una observación que, aseguraba, venía muy a cuento. «¿Quién no finge aquí? —dijo—. Unos cobramos, otros no, pero todos fingimos.»

Las risas llegaban abajo y, sin duda, la madre escuchaba todo cuanto se decía, porque se la oía trastear por la casa, cerrar puertas, abrir grifos, arrastrar muebles sin razón alguna. Pero un golpe y un silencio seguidos llamó la atención de Josephine. «Ha pasado algo abajo», dijo mirando al hueco de la puerta.

Los tres bajaron aprisa la escalera, se dirigieron a la cocina, por ser la hora de la cena, y allí, en el suelo, rodeada por un círculo de sal, encontraron a la madre en la postura de un muerto boca arriba. Josephine recordaba que su padre se había manchado la barbilla de azul cobalto, el color que más le gustaba. Aún llevaba el pincel en la mano cuando se arrodilló. «Amy —dijo el padre cogiéndola de los hombros, creo que llevas las cosas a su extremo.» La madre balbuceaba, susurraba palabras dispares de las que Josephine entresacó que la sal se había derramado y se había roto el cristal. «Dios bendito», clamó el padre llevándose las manos a la cabeza y quejándose al mismo tiempo de su mala suerte, de esa mujer tan llena de manías, de sus infinitas rarezas. «Algún día me iré a Finisterre –dijo bien alto–, prometo que lo haré.»

Se dirigió a la puerta de la calle seguido de Ramón, cogió el abrigo y el sombrero. «Ya volveré», dijo. Josephine pudo oír sus risas antes de subir al coche, el ruido de los neumáticos cuando abandonaron el camino de grava y se adentraron en la carretera que llevaba al pueblo.

Sabía que huía de su esposa, de sus manías, de la casa entera, pero en esa huida el padre no se daba cuenta de que dejaba atrás a su hija.

Se sentó en una silla de la cocina para esperar a que a la madre se le pasara la crisis, tal como había ocurrido muchas otras veces. Había aprendido que en esos momentos la mente de su madre no estaba en su cuerpo. Estaba lejos, en otro lugar. Sin embargo, Josephine acostumbraba a hablarle como si razonara, y la ponía al corriente de asuntos que de otra manera jamás le confesaría. «Mamá –le decía–, tú sabes que papá no tiene tus miedos. A él le da lo mismo que la sal se derrame, que un gato le cruce por delante, que las lechuzas beban el agua bendita de las iglesias. No importa las veces que te caigas al suelo, que te hagas la herida. Él no es como tú, y lo que es más importante, mamá: tampoco yo soy como tú», dijo Josephine, separando en sílabas esas últimas palabras.

Las tuberías resonaban. En algún lugar de la casa, posiblemente un cuarto de aseo, aún quedaba un grifo abierto. Pensaba Josephine que, si la consciencia de la madre tuviera un sonido, este sería un rumor áspero, un roce, un silbido grave como el de las tuberías. A través de ese sonido se comunicaban y Josephine le decía que no le perdonaba todas las manías que había vertido en ella, los miedos, los lugares prohibidos, la posición de los objetos, las mudas presencias en los rincones y sombras que, desde que tenía uso de razón, jamás pudo ver con sus propios ojos. «Me has insuflado tus temores de tal forma que ya no puedo librarme de ellos –la acusó–. Algún día, mamá, yo también me iré a Finisterre, como hará papá. Te quedarás sola, completamente sola, y en tus espejos sólo te verás a ti misma mil veces, y pensarás que de todos modos has conseguido lo que querías, porque no estás sola, y sé que tu mayor miedo es quedarte sola, sola en la cama, sola en la casa, sola en el mundo. ¿Sabes, mamá? También me has dado eso: soledad. Has arraigado tan hondo en mí ese temor que no sé estar sola en mi cuarto, que subo a la buhardilla siempre que puedo, que dejo la puerta del baño abierta, aunque sienta vergüenza.»

La madre parpadeaba muy de vez en cuando. Fijaba la vista en el techo, en las arañas que estaban demasiado altas para matarlas con la escoba. Podía pasar horas echada en el suelo, así se orinara, así la sed la apremiara. Josephine esperaba, y cuando al fin salía de ese lugar cavernoso en el que se había adentrado, la madre le acariciaba el cabello, la besaba en las sienes, le decía que era la mejor hija del mundo y la miraba como si todas las cosas que le había dicho nunca las hubiera dicho. Josephine sentía el peso de la culpa hasta hacerle doblar la cerviz. Quedaba muda, somnolienta. En esos días en los que el padre desaparecía, ella atendía a la madre con la debida obediencia, a pesar de que la martirizaba con preguntas que la hacían pensar: «¿Dónde estará tu padre? ¿Estará todavía con ese actor?»

A ella poco le importaba.

Sólo pensaba en Finisterre.

10

En ocasiones, Josephine encontraba a Abraham un tanto desaso-
segado. Venía del trabajo con ojos cansados, con un aspecto más
bien taciturno, hastiado de algo. Su secuencia de entrada a la
casa era la siguiente: la besaba en un roce, iba y volvía del baño
directo a la cocina, se sentaba como una esfinge y estiraba las
palmas de las manos sobre la mesa mirando al frente, a un punto
de los azulejos donde unas líneas geométricas convergían en un
adorno.

Su comportamiento era tan extraño que al principio pensó
que la razón tenía que ver con algún desagradable incidente en el
colegio, como una discusión con un padre, con un alumno o un
profesor.

Más tarde cayó en la cuenta de que los días en que llegaba en
ese estado nunca hacían el amor. No es que le diera la espalda,
que se durmiera antes que ella o que expresamente le dijera que
no le apetecía. Simplemente se acostaba boca arriba con las manos agarradas al embozo, como un pájaro. Ella se dormía y, a
veces, si se despertaba y encendía la lámpara, comprobaba que
Abraham seguía con los ojos abiertos mirando al techo.

Al principio, por no hurgar en la herida, se resistió a preguntarle. Pero sus silencios eran tan largos, y en su rostro encontraba
tal abatimiento, que comenzó a sospechar que la razón era ella,
que se había cansado de su presencia, que no la amaba, que había por fin descubierto que era una intrusa en su casa y en su
cama, que se hacía la loca para suscitar compasión. Josephine se
vio de pronto vagando por las calles de la Medina. Sola. Ham-

brienta. Sucia. Su angustia llegó a tal punto que una noche, en la cama, sin mediar palabra y sin previo aviso, se subió a su cuerpo, le revolvió el pelo con las dos manos y, en un tono que denotaba exasperación, le preguntó que qué coño tenía en la cabeza.

Abraham se sobresaltó. En ningún momento imaginó que Josephine pudiera pronunciar una palabra tan impropia, ni siquiera creía que la conociera. Dejó de mirar al techo para mirarla al hueco que formaban sus pechos colgando sobre el camisón, y luego a los ojos.

–¿En la cabeza?

–En la cabeza...

–Estoy preocupado.

Josephine se estremeció. A su parecer, entre ellos se había establecido un pacto tácito: Abraham aceptaba su presencia como un hecho consumado y ella se aferraba al presente como si fuera a escapársele. Sus circunstancias, por tanto, carecían de importancia, como carecía de importancia lo que les deparase el futuro. Sólo así se entendía que se hubiera preocupado de buscarle ropa adecuada y llevarla luego, según dijo más tarde, a una sastrería en los barrios nuevos donde la ajustaron a las medidas que él les proporcionó.

Si no era el caso, sólo podía ser algo que ella desconocía, y esa mañana, cuando llegó del trabajo, le preguntó qué era lo que le preocupaba. Él torció el gesto, como si le costara dar su brazo a torcer, pero la acompañó a la cocina, se refrescó la cara en el fregadero y después de secarse con un trapo dijo:

–Un niño me preguntó por el significado de una palabra.

–¿Qué palabra?

Abraham miró al ventanal, más exactamente al vacío del cielo. Un cielo azul pálido, nada parecido al azul cobalto que a ella tanto le gustaba. Si su padre hubiera pintado la vista desde esa misma ventana habría incluido el marco de aluminio. Se habría asomado lo suficiente como para divisar el bosque de antenas y a alguna mujer tendiendo la ropa en la azotea. Un perro aislado, porque a los tangerinos no les gustan demasiado los perros, si no es para guardar las casas. Un barco al fondo. El horizonte de grúas. Su padre buscaba el arte dentro de la fealdad. Abominaba de la belleza excesiva pues la consideraba falsa y artificial. Ese cielo, sin duda, habría sido de color azul cobalto.

—No importa la palabra. Ni siquiera la recuerdo. Sólo sé que era como estar en otro lugar.

—¿Qué lugar?

Josephine sacó comida que había sobrado el día anterior. La calentó en el horno y la sirvió. Se sentó a mirar mientras él rompía el pan con los dedos y lo comía vacío, sin ganas.

—Un lugar cerrado —explicó Abraham—. Oscuro. Con olor a humedad. Los gatos corren por todas partes en busca de comida.

—Gatos...

—Sí. Gatos negros. Los niños me preguntan qué me pasa, pero en esos momentos no puedo hablar.

—¿Y qué?

—El director lo sabe.

—¿Lo sabe?

—Sí, supongo que es serio.

—Sí, es serio —admitió Josephine, al tiempo que llenaba los platos y asentía con la cabeza.

Era la primera vez que veía a Abraham como un ser vulnerable, y esa apreciación, por pequeña que fuera, la acercó un poco más a él. También ella se encontraba en una situación vulnerable. Su pasado era un pasado borroso, una unión de recuerdos inacabados y fotografías sin contexto. Hemos aprendido a vivir sin futuro, pero necesitamos el pasado para vivir el presente. No todo es comer. No todo es amar. Bien lo sabía Josephine cuando, muchos años después, encontró la tumba del padre, en Lake View Cemetery, Aquí yace Maurice Perkins, pintor de irrealidades, rezaba la lápida. Había pasado mucho tiempo buscándolo y esperaba que, aunque fuera en una tumba, encontrara un mensaje para ella. Pero allí no había nada. Había un resto de flores y una fotografía en blanco y negro de Ramón, con su aparatosa firma rematando una esquina. Al fondo imaginaba el horizonte del Moosehead, el lago con la cabaña que frecuentaba con el actor, y del que decía que sus cielos naranjas no podían pintarse. «Amy, me voy de pesca», decía a la madre.

Aunque nunca vio que llevara pescado a la casa.

Hubiera dado cualquier cosa por encontrar una referencia al apeadero de Maine. Se habría considerado nombrada, secretamente nombrada, aunque sólo ella pudiera entenderlo.

Pero para su padre, Josephine ya había muerto. Para ella, con certeza, en esa tumba había enterrados dos cuerpos.

—Sé qué lugar es ese, Jo —intervino Abraham—. Ese lugar es mi antigua casa, en el Monte Viejo. Un cuarto pequeño que lindaba con el corral. Me contaba los dedos a la espera de que mi madre me abriera la puerta cuando se le pasara el enfado. Una vez encontré un gato en la calle. Era aún joven, no tenía más de cuatro meses. Lo guardé durante un tiempo en mi habitación. Pasaba el tiempo con él, lo alimentaba. Si alguna vez maullaba, la habitación estaba demasiado lejos de la de mi madre, y si ella decía por la mañana que había oído maullar a un gato como si estuviera dentro, yo le decía que no, que seguro era de fuera. Pero un día lo descubrió y cuando vio que era negro me encerró toda la tarde, y me dijo que si ocurría alguna desgracia la culpa sería mía. ¿Sabes qué pasó, Jo? Un coche atropelló a mi hermana, Jo, la atropelló en un lugar por donde nunca pasaban coches. Un camino de tierra, con pinos, con chumberas. Se quedó tendida entre las palas de pinchos, nadie la recogió hasta el día siguiente y para entonces su cuerpo ya estaba comido. La vi cuando la trajeron a casa, con las manos mordidas por los animales. Eso me pasa, Jo, pienso en la oscuridad, en las gallinas, en los gatos negros, en unas manos pequeñas que han mordido los perros. Pero eso no puedo decírselo al director del colegio...

A Josephine le parecía esa historia tan cercana que de inmediato sintió por Abraham una súbita atracción, una identificación tan insólita que por un momento pensó que su encuentro no fue casual. Si fuera firme creyente, pensaría que existía un designio divino, una suerte de coincidencia que a duras penas tendría explicación. Pero la cuestión de la fe era como cualquier otro de sus recuerdos: turbio, inconsistente. En ese mundo desconocido en el que había aterrizado no había nada más a donde agarrarse que no fuera ese hombre que comía al otro lado de la mesa. Ese hombre a quien hacía pocos días le había cambiado el semblante porque se le aparecían terrores antiguos, imágenes chirriantes que lo asomaban a un abismo.

Josephine le quitó el tenedor de la mano. Le separó los dedos y acarició sus junturas, la suavidad de sus yemas, el marcado relieve de sus nudillos. Comieron luego en silencio, sin más irrupciones que los ruidos del puerto. Si alguna vez soñó con una idea de la felicidad, no podía ser otra que ese justo instante acompañado de alguien a quien no le importaba su vida anterior, de dónde venía, hacia dónde iba. Nunca hubiera imaginado que pudiera volver a nacer, dejar atrás los lastres, los miedos, aquellos rincones oscuros que jamás el tiempo llenaría de luz. ¿No era mejor esto? ¿La respetuosa ignorancia, la experiencia renovada, toda una vida para aprender el significado de la palabra «aburrimiento»?

La mañana siguiente Josephine se levantó muy temprano. Se lavó la cara y se recogió el cabello como a ella le gustaba, en un moño sobre la nuca, sujeto sólo por unas cuantas horquillas. Se habría cambiado el camisón por otro más limpio. Seguramente, si revisara el armario encontraría que Abraham ya le habría buscado alguno acorde a sus gustos. Pero le había cogido querencia porque, cuando se lo ponía y se lo quitaba, el olor personal de Abraham la envolvía en una ráfaga dulce y cálida.

Esa mañana parecía ser diferente a otras mañanas. Se sentía animada, pletórica, incluso. Cortó un par de rebanadas de pan y las puso en el tostador. Encendió la radio. No deseaba escuchar nada en especial. Lo mismo le daba Jean Sablon que Edith Piaf o la música rápida bereber, con sus ritmos cambiantes, su vívida percusión. Siempre que la escuchaba imaginaba a esas gentes dispares que poblaban los horizontes como una mancha de aceite que se infiltraba poco a poco en la urbe, fundiéndose con ella, aunando todos los ritmos en uno. Si vivía en Tánger era por esa razón, vivir con la sensación de latir al unísono con una ciudad. Ningún otro lugar en el mundo, que ella supiera, podía ofrecer algo igual: el discreto vivir de sus habitantes, serenos y orgullosos, tejedores de una historia pequeña, hecha de cabos sueltos, de hilos, de retales arrancados de todos los pasados del mundo.

Para Josephine, Tánger era esa querida que rechazaban los amantes sólo para no perder el placer del deseo. El deseo existe para no colmarlo, para dejarlo pendiente, para tocarlo con los dedos sin alcanzarlo.

Se asomó a la ventana y vio la tranquilidad de las calles, niños cogidos de la mano, gatos adormecidos a la luz del sol. Cayó en la cuenta de que ese día era fiesta, y que tal vez por eso los sonidos del puerto eran más quedos, y se oía la música de los vecinos, las voces de la calle. Cuando se sentó, Abraham asomó por la puerta. Dijo que iba primero al baño. La besó en la mejilla antes de sentarse a desayunar. Josephine lo miró con intensidad.

–¿Has dormido bien?

–Sí.

Parecía que le había cambiado el gesto. Su expresión era más relajada, más natural. Aunque su mirada traslucía algo muy diferente, algo así como un deje de melancolía.

Abraham echó un vistazo a su reloj.

–Hoy no trabajo –dijo.

Josephine sonrió.

–¿Te encuentras mejor?

–Sí...

Abraham cogió un trozo de pan y hundió el cuchillo en la mantequilla.

Hablaron de lo que harían aquel día, de si verían alguna película en el Cinema Rif o en el Alcázar, tal vez. Pensaron ir a comer a este o aquel sitio, pero Abraham adujo que no tenía demasiado dinero y que la ropa que le había regalado también se la habían regalado a él.

–Si no la tiraron antes fue porque la habían guardado muchos años y les vino bien que alguien la necesitara –aclaró–. De todos modos, el Alcázar está cerrado.

–¿En serio? ¿Cuándo lo cerraron?

Abraham no quiso responder. No le apetecía hablar de las cosas que desaparecían, ni quería que ella experimentara una nueva decepción. Si en algún momento llegara a preguntarle por el Teatro Cervantes no sabría qué otra cosa decir. Si lo viera *in situ*, allá en lo que era el sur del cementerio de los hebreos, encontraría un terrible escenario de ruinas, de azulejos rotos, de estatuas amputadas que no lograrían sino causarle aprensión. Bastaba fijarse en el frontispicio y ver las figuras en procesión, desgastadas, ennegrecidas por la contaminación de los coches.

–Podemos pasear por la playa –intervino Josephine–. Tomar un café en el Continental. Paul Bowles solía ir allí, ¿no es así?

–Sí.

–Háblame de lo que estás escribiendo.

–Bueno –respondió Abraham con un encogimiento de hombros–, ya te dije que era sobre una mujer sin pasado. Hablo también de alguien que adora la obra de Edward Hopper.

–¿Y qué tiene de particular? Hay muchas novelas de gente que adora las obras de un pintor.

Abraham dio un sorbo al café. Se limpió los labios y, justo cuando iba a responder, el teléfono blanco retumbó bajo el reloj de cocina. Su cabeza se volvió de un modo instantáneo. La mirada clavada en el aparato, como si en algún momento fuera a descolgarse de la pared. Josephine no pasó por alto su expresión que, si no era de pánico, se le parecía. Abraham apartó enseguida la vista del teléfono, miró a Josephine y le preguntó con una brusca sonrisa que qué le parecía la pintura de Hopper.

–¿No vas a responder al teléfono? –preguntó Josephine.

–Dime... ¿Qué te parece su pintura? Hay quien dice que es el mejor pintor realista y que su estancia en París le vino perfecta para...

–¡Abraham!

El teléfono seguía sonando. Un sonido que en el alicatado de la cocina retumbaba afilado y clamoroso. Josephine leía el pavor en los ojos de Abraham, agitados por ese movimiento compulsivo que se exacerbaba en los momentos de tensión. Vio la crispación de sus manos, la fina línea que tendían sus labios, incapaces de articular una sola palabra que lo sacara de su turbación. Se levantó, caminó hasta el teléfono y descolgó el auricular.

–¿Sí...? No... No está. Aquí sólo hay fantasmas. ¿Me oye? Nada más que fantasmas –contestó. Luego colgó con un golpe, se acercó a Abraham, lo rodeó con sus brazos.

–¿Quién era? –preguntó él.

Sus ojos miraban al punto de giro de los azulejos.

–¿Quién pensabas que era? ¿El director del colegio?

–No. No pensaba en él...

11

Josephine tuvo un sueño extraño esa noche. Y no era extraño porque lo soñado no tuviera sentido alguno, sino porque, como sueño que era, no tenía consciencia de haber sentido ninguna emoción. Lo recordaba con una perfección que diría extrema, con profusión de detalles, con nombres propios, con lugares conocidos y marcas en el tiempo que, si las colocara todas juntas, se corresponderían exactamente con las fotografías del álbum del salón.

En realidad, no fue un único sueño, sino varios, incontables sueños, todos diferentes, sin nada en común. Excepto que Abraham no aparecía en ninguno.

Esa noche, en la cama, Abraham se volvió al otro lado. Le ofreció su espalda desnuda, que Josephine acarició hasta que se quedó dormido. Ella, sin embargo, estaba desvelada. No podía quitarse de la cabeza lo que él le había contado esa misma mañana, y pensaba que el destino era un dios traidor, un dios sin adoradores, aunque el dios más poderoso de cuantos existen. ¿Cómo, si no, esa coincidencia de dos personas que han perdido un hermano?

Pero había algo mucho más significativo en esa casualidad, y era que para ambos esa pérdida era un dolor inconsolable. Podían haberlo pasado por alto, olvidarlo hasta casi tener la sensación de que nunca sucedió. La mente de un niño hace prodigios para subsistir, destierra la muerte, la ignora, la disfraza para engañarla. La muerte, para un niño, a menudo no es más que un borrón en la memoria.

Pero la muerte es una palabra de infinitos significados, y cuando esa palabra arrastra un sentido de culpa, la muerte se agarra a la vida, se sube a la espalda del culpable para susurrarle al oído que nunca debe olvidar. Y Josephine no olvidaba aquella llamada de teléfono desde el hospital. De hecho, podría repetir las mismas palabras del padre una a una, y lo recuerda porque, precisamente aquella mañana, en la buhardilla, su padre le había dicho que no existía nada en el mundo que pudiera amar más que a ella. Lo dijo sin tener en cuenta que al decirlo se olvidaba de la madre, su esposa, y Ramón, con sus ojos de sombra, sonreía con satisfacción. Cuando tres días después volvió la madre del hospital, no fue a abrazarla como habría hecho cualquier madre que hubiera perdido a un hijo, no buscó su apoyo, su conmiseración. Entró quejumbrosa, con el rostro contraído. Una mirada de reconocimiento fue suficiente. Pasó varios días encerrada en su dormitorio. Prohibió las visitas, las flores, las muestras de compasión, a pesar de que ella decía de sí misma que era mujer compasiva.

En esos días ni siquiera acudió Ramón a visitar a su padre. Lo hizo mucho más tarde, cuando su madre tuvo la energía suficiente para acercarse a la tienda del pueblo a comprar veneno para los gatos. Ramón aprovechó el momento para decirle que no hiciera caso a su madre, que tardaría mucho en demostrarle afecto. Dijo esa palabra: afecto. No se atrevió a decir amor. Con todo, Josephine agradeció sus palabras a ese hombre extraño, entendió que su padre no podía decírselas, porque se habría enfrentado a su esposa.

Abraham ya se había marchado cuando ella se levantó de la cama. No la esperó para desayunar y no recordaba que le diera un beso de despedida. Desayunó a solas, se vistió con uno de los conjuntos que le regaló, se perfumó el cuello y el pecho con el almizcle de Madini y salió al rellano. Mientras cerraba la puerta le pareció oír un ruido de pasos. Miró a través de la rejilla y, tal como imaginaba, el joven estaba allí, sentado en la escalera. Aseguró la puerta, se volvió. Miró al muchacho detenidamente, su rostro desdibujado por los rombos de alambre, los labios abiertos, las negras cejas que oscurecían su mirada. El joven se azoró, tentó el suelo buscando una chancla perdida y, cuando la encontró, comenzó a subir con premura. Josephine lo siguió. «Espera», dijo con una mano en alto. Subió. Se encontró con él a mitad de escalera. Él la miraba cabizbajo, las manos cerradas en puños que arrimaba a los costados. Josephine le sonrió con la sinceridad más absoluta de que fue capaz; no olvidaba que en anteriores encuentros ella le había lanzado una mirada de desaprobación y algún que otro exabrupto. Él se mantuvo quieto en el giro de la escalera, su nuez subió y bajó por su delgada garganta. Debía de tener diecisiete o dieciocho años, a juzgar por la suavidad de sus facciones. Tenía la tez morena, el pelo negro y ensortijado y vestía una chilaba de colores oscuros con bolsillos donde escondió las manos cuando ella le preguntó:

–¿Cómo te llamas?

–Mohammed... –dijo con una voz pequeña y grave.

–¿Vives aquí?

–Sí...

Josephine se dio un tiempo para pensar. Se ajustó el bolso en el hombro, lo miró fijamente y dijo:

–¿Me acompañas?

Él la miró y asintió.

Si alguien le preguntara, Josephine no sabría decir por qué lo hacía. Por qué alimentaba los deseos de un chiquillo que empezaba a descubrir la vida de adulto. Ya era media mañana y no tenía más que hacer que darse un paseo por la ciudad. En secreto, había renunciado a pasar por delante de cualquier edificio emblemático, cualquier calle que la sumiera en un momento del pasado. A fuerza de haberlo perdido, de verse forzada a reconstruirlo, también perdía el interés.

Pero pasear con el chico era muy diferente.

Mohammed le siguió los pasos hasta la puerta de la calle. Desde ese punto en adelante mantuvo una cierta distancia. Caminaban por la Cuesta de la Playa como dos autómatas, la mirada alta, el paso exacto. Cruzaron por delante del mercado de pescado, vieron a los pescateros vaciar las entrañas en los bidones de la basura, los gatos merodeando alrededor. Tuvieron la insana determinación de caminar en silencio durante todo el tiempo que les llevó el trayecto hasta la Kashba, perdiendo la distancia cuando se topaban con gente, recuperándola cuando cambiaban de acera. Josephine pensó en el perfume de almizcle. «Atrae a los hombres», le había dicho el vendedor.

Cuando llegaron, fuera porque existiera entre ellos una secreta sintonía o porque ese mismo destino del que Josephine elucubraba lo había dispuesto de esa manera, se sentaron a la par en un murete de piedra, frente a los cañones ingleses que apuntaban al mar. Aún permanecieron en silencio varios minutos. Él aparentaba interés en los barcos que se deslizaban por el horizonte, ella contemplaba a los turistas que se encaramaban a los cañones y se fotografiaban bajo el arco de entrada a la fortaleza.

Tal vez Josephine quería tentar a la suerte, poner a prueba al destino y conocer cuál era su grado de libertad. De modo que dejó caer su mano como una araña que se descolgara por su cuerpo y la posó justo encima de la mano de él. No más que un roce ligero, un cruce de dedos sobre la fría piedra que nadie hubiera podido ver si no prestaba atención. La mantuvo quieta durante unos largos segundos. Mohammed aparentaba interés en un gran barco parado a lo lejos, acaso un mercante chino que esperaba el turno para descargar en el puerto. Josephine escarbó bajo la mano del chico, la envolvió con sus dedos. Mohammed se estremeció. Juntó compulsivamente las rodillas bajo la chilaba. Carraspeó. Cambió el punto de vista al cielo, a una gaviota argéntea que por casualidad los sobrevolaba. Josephine no sabía hasta dónde podía llegar. Jugó con las yemas de los dedos bajo su mano. En secreto, le recorrió las rayas una a una: leyó la línea del destino, la de la sabiduría, la de la vida, la del amor. Las estudió sin saber qué significaban hasta que el sudor afloró y él arrastró las dos manos entrelazadas junto a su pierna, por debajo de la chilaba. Permanecieron inmóviles, como dos lagartos al sol, como dos esfinges. Josephine se dejaba ahora acariciar y se imaginaba al tiempo encaramándose a uno de esos cañones, introduciéndose dentro del ánima, preparada para ser lanzada de un disparo hasta el otro lado del Estrecho. Lo que sentía era lo más parecido a volar.

Notaba en los huesos el vigoroso agarre de Mohammed, sus dedos hurgando en su mano. Sintió dolor, un dolor placentero que, sin embargo, se le hacía imposible de soportar.

–Vamos a caminar... –dijo a la vez que retiraba con cuidado la mano y se levantaba.

Mohammed asintió. Se levantó y miró la parte baja de su chilaba.

–Un momento... –dijo, y se volvió a sentar.

Buscó el barco chino en el horizonte, acaso una excusa para justificar esa espera. Josephine también lo buscó. Calculó que, a la altura a la que estaba, la otra orilla debía de ser Zahara de los Atunes. Alguien le dijo en alguna ocasión que aquello era imposible, porque Zahara de los Atunes estaba en el Atlántico. Pero a ella le gustaba ese nombre, no sabía por qué.

Mohammed miró de nuevo hacia su chilaba.

–Vamos... –dijo con una voz tenue, casi inaudible, antes de levantarse y sacudirse la chilaba.

Esta vez Josephine lo cogió con firmeza de la mano y la mantuvo cerca de su ropa, para que no se viera demasiado. La apretaba con fuerza, con decisión.

Cruzaron el arco de la fortaleza. Entraron en la sombra, en un tramo por el que los turistas pasaban sin ver. Podía notar en su mano el estremecimiento, los intentos que hacía el chico para aumentar la distancia, acortarla, y al mismo tiempo guardar la debida prudencia.

Difícil era saber por qué Josephine hacía tal cosa. Por qué desafiaba al destino y le daba categoría de dios, de ser humano. El deseo nos transforma, nos hace sentir poderosos, ilimitables.

Nos hace audaces.

Josephine y Mohammed se confundían con los turistas que abarrotaban los muros de la fortaleza, se entremezclaban con ellos. Josephine sabía que si alguien reconocía a Mohammed podría ser censurado por relacionarse con una extranjera. A ella, por supuesto, le era bastante indiferente. Al fin y al cabo, ¿cuál era su estado civil? ¿Y su relación? ¿Qué relación mantenía con Abraham? Por un instante se sintió mezquina. Aflojó la presión de su mano. Sus pies apretaron el paso.

–¿Adónde vamos? –preguntó Mohammed sintiendo el vigor con el que ella tiraba de su mano.

–¡Oh! Sí... Argán. Vamos a comprar argán. Me pican las manos.

Atravesaron los pasillos de la fortaleza dando un rodeo innecesario. Al salir a la calle Italia, Mohammed se soltó. Josephine leía los carteles de las tiendas mientras caminaba. Se decidió por una que anunciaba cosméticos. Mohammed se quedó afuera, mirando a las ventanas de los edificios de enfrente, a la gente que pasaba por su lado. Cuando Josephine salió, hizo amago de darle la mano, pero él bajó la mirada y reemprendió el camino a solas, un par de pasos por delante de ella.

Al pasar por delante del cine Alcázar Josephine se frenó.

–Espera un momento –dijo.

Sus puertas estaban cegadas por una pared de cemento, los cristales rotos, la esquina que daba al paseo del Doctor Cenarro mordida por los camiones. Le vino a la cabeza la película ¡Hatari! La había visto con su padre, no sabía exactamente si en ese cine, el Alcázar, o fue en el cine Rif, o en el Capitol. Recordaba la escena de un inmenso rinoceronte blanco corriendo a la par que una camioneta. Sobre ella iban montados los cazadores, John Wayne y Michèle Girardon. Nunca se olvidaría del rinoceronte, ni de Michèle. El suelo y las butacas vibraban, era como si el rinoceronte corriese por dentro del cine. A la salida, le preguntó a su padre qué significaba esa palabra, *Hatari*. «Significa "peligro"», le dijo.

Desde entonces le gustan los rinocerontes.

Cuando llegaron a la plaza del Nueve de Abril eran dos personas que caminaban muy cerca la una de la otra, pero que miraban cada una a lados distintos. Josephine vio un escaparate lleno de abejas. Entró a comprar dos pasteles de miel y le ofreció uno a Mohammed. Cuando llegaron a la calle Ohm, Josephine sintió la mano pegajosa. Hubiera dicho que la mano del chico aún la agarraba, de tanto que la sentía, pero él ya había sacado la llave de la chilaba y se disponía a abrir. Subieron la escalera más allá del piso de Josephine y, antes de despedirse, ella subió un par de peldaños por encima de él. Quería verlo desde arriba, como si fuera un chiquillo. Se agachó, lo besó con ternura, primero en lo alto de la cabeza, luego bajo una oreja, demorándose en la suavidad de su piel atezada, absorbiendo su cálido rubor. Le tomó una de las manos, lamió un resto de miel. A Mohammed le brillaban los ojos encharcados por lágrimas de emoción.

Mohammed era un chico hermoso, como Michèle Girardon.

—Mi casa está vacía —susurró él con una voz temblorosa.

—¿Vacía?

Él asintió. Apoyó una mano en la cadera de ella. Suavemente la empujó hacia arriba.

—Un piso más —dijo Mohammed.

Pero Josephine no estaba segura. Seguía sintiéndose mezquina.

—Un piso más —la apremió, empujándola con algo más de fuerza.

Josephine pensó en el rinoceronte blanco, en John Wayne, en Michèle Girardon. Su cuerno arrancó de la carrocería las ruedas de repuesto.

—No podemos —dijo apartándole la mano que la incitaba a subir.

A Mohammed se le escurría una lágrima por la nariz. Josephine sintió por él mucho más que simpatía. A punto estuvo de subir los escalones de tres en tres.

Pero antes de que pudiera hacerlo, Mohammed bajó la vista al suelo, se dio la vuelta y ascendió los escalones hacia su casa.

Josephine esperó a escuchar el chirriar de una puerta que se abría, que se cerraba, que se corría el pestillo. Sólo entonces se apresuró escalera abajo. Revolvió las llaves con mano insegura.

No acertó con la primera, tampoco con la segunda y con la tercera abrió la puerta y se encontró frente a frente con Fatma.

Se había olvidado de ella, y el tiempo transcurrido desde que dejó a Mohammed hasta que entró en la casa fue demasiado escaso para que su corazón se aplacara, para que le desapareciera el rubor y la voz se le enderezara. Cuando la vio con el vestido oscuro de siempre y el pañuelo cubriéndole el pelo, cuando vio sus modales discretos, sus manos sin aspaviento y escuchó el suave tono de su voz, pensó que su cuerpo se había vuelto transparente. Sin Dios, ni fe, rogó al cielo que Fatma no leyera en sus ojos, que no hurgara en su cabeza, en su corazón, en sus entrañas revueltas por ese deseo que había quedado truncado.

–¿Me has traído pasteles, Fatma? –preguntó, por no saber qué otra cosa decir.

Pero Fatma era una mujer que había vivido mucho, que estaba casada con un hombre que valía por todos los hombres. Una vez le confesó que dejó de amarle el día en que conoció lo que era el amor. ¿Podría decirse más claro?

Le temblaron las piernas como a una chiquilla.

–¿Me has traído pasteles, Fatma? –repitió.

No había duda de que Fatma los había escuchado, porque la distancia que mediaba de la puerta hasta el ángulo de la escalera pasando por el rellano era escasa y los sonidos no podían perderse siquiera por el hueco del ascensor.

De modo que ella lo había oído todo.

Un piso más, un piso más...

Sí, Fatma le había traído pasteles. Se los había dejado en la cocina, envueltos en un papel de seda de color blanco. Le dijo que iría en ese mismo momento a probarlos. Y así hizo. Desenvolvió los pasteles, cogió uno y lo mordió con los ojos cerrados, cerrados, cerrados...

12

Josephine pasó la mañana deseando que Abraham llegara del trabajo. Necesitaba expiar sus pecados, rodearlo con sus brazos y preguntarle si había tenido un buen día o no, si los niños se habían asustado, si el director lo había llamado a su despacho. Pero cada vez que sus párpados se cerraban se desplegaba en sus ojos la grácil silueta del joven Mohammed, su corazón latía con vehemencia y su cuerpo caía en una extrema debilidad.

Se sentía sucia. Le quemaba la ropa en el cuerpo, la ropa que Abraham le había regalado y había llevado puesta en su paseo con Mohammed. Se desprendió de ella en cuanto pudo y la colgó en el fondo del armario. Se vistió con la camiseta, el vaquero y las zapatillas de cordón.

Cuando por fin lo vio entrar estudió con detenimiento su rostro y supo que nada había cambiado. Él le dio a ella un beso ligero y frío, no más que un roce de labios. La culpa tiene ese poder maléfico, puede alterar la voluntad a capricho, volvernos tibios, aletargar los sentidos. Abraham dijo que no tenía hambre, que no le apetecía *harira*, ni sopa, ni nada caliente. Era una queja como otra cualquiera. Se apoyó en la ventana de la cocina con los brazos cruzados. Miró a las azoteas, a los barcos chinos. Pronto habría un estruendo de grúas, de sirenas, de golpes de hierro. Josephine lo abrazó por detrás. Apoyó una mejilla en la espalda. Él miraba al horizonte, contaba barcos, o gaviotas, o Dios sabía qué.

—Algún día toda esa cacharrería desaparecerá. No habrá grúas, ni puentes, ni ganchos. Desaparecerán los ruidos.

—Mejor —dijo ella, y escuchó la agradable vibración de su voz en la espalda de Abraham—. Será una ciudad más tranquila. A veces hay tanto ruido que parece que la casa esté dentro de los muelles.

Abraham descansó el peso en el otro pie y miró hacia los altos edificios del final de la playa. Josephine acomodó su postura.

—Me gustaría que algunas cosas no cambiaran nunca —sentenció Abraham antes de guardar silencio.

Josephine entendió que en el fondo de esa reflexión en voz alta había algo más que los ruidos del puerto. Nada de lo que ella conocía había soportado el paso del tiempo. Su mundo era un mundo ficticio donde nada parecía verdad ni mentira. Se había visto obligada a aceptarlo, pero eso no significaba que no se sintiera perdida, desencajada de algo. Cuanto más conocía a Abraham, a pesar de su aparente vulnerabilidad, mayor era su deseo de que nada cambiase.

—Jo... —dijo—. Esa llamada de ayer por la mañana, ¿quién fue?

Josephine se dio un tiempo para pensar. Al poco, aflojó el abrazo a Abraham y dijo, en un pequeño titubeo:

—Un médico...

—¿Un médico?

—Sí, eso dijo. Pero a mí me pareció un vendedor.

—¿Preguntó por mí?

—Sí...

—Jo... —dijo, volviéndose hacia ella—. ¿Qué somos tú y yo?

Josephine se echó atrás. Lo miró fijamente.

—No lo sé...

Abraham había dado en la diana. Sin embargo, ella no tenía ninguna respuesta.

—Esta noche va a venir alguien —dijo él dando por hecho que su pregunta no llevaba a ningún sitio.

—¿Quién?

Abraham vaciló. Se volvió de nuevo al otro lado, miró abajo y luego a la casa de enfrente. Llevaba unos cuantos días en obras y los andamios habían alcanzado la misma altura que su casa. En poco tiempo los obreros los verían comer en la cocina, podrían, si quisieran, pinchar en su plato con un gran tenedor.

–No importa, Jo. Sólo quería que lo supieras.

Josephine se encogió de hombros, abrió la nevera, sacó unos platos fríos y dijo que era la hora de comer. No pasó mucho tiempo sin que Abraham torciera la cabeza a un lado y confesara que esa mañana le había pasado lo mismo que el otro día y el día anterior. Lo dijo con auténtica amargura, con un deje de rabia.

–No te imaginas cómo me sentí cuando de pronto desperté y vi la cara de los niños –dijo apesadumbrado, suplicando piedad con las manos en alto– ¿Cómo podía explicarles que yo no estaba allí con ellos, que yo estaba en un cuarto oscuro, que veía gatos negros y escuchaba cantar a las gallinas? ¿Te imaginas? Luego me fue imposible retomar el hilo, tuve que empezar la lección desde el principio. Me imaginaba a los niños preguntándose qué demonios le pasaba a ese hombre.

Josephine lo cogió de la mano y volvió a soltarla cuando recordó a Mohammed.

Se miraba las manos y aún sentía la miel pegajosa adherida a los dedos, el calor residual de ese joven vestido con una chilaba que le decía en un insinuante susurro: «Un piso más», y lo repetía, «Un piso más», y en esa repetición ella notaba que su cuerpo se estremecía, que perdía el sustento del suelo, la constancia de su respiración.

Erigiría, si pudiera, un monumento en ese ángulo entre dos tramos de escalera para conmemorar el triunfo o la rotunda derrota del deseo. Era pensar en ese instante y sentir cómo las venas de las sienes se le dilataban a punto de estallar y la respiración se le suspendía.

No obstante, en esos momentos le parecía más preocupante el motivo de esa visita de la que Abraham había hablado. Recordaba que hacía unos días le dijo que una mujer fue a buscarlo al colegio, y también recordaba la palabra «experimento». Sin embargo, evitó hacerle pregunta alguna.

No después de lo que le había sucedido a Abraham esa misma mañana. Además, nada indicaba que esa visita fuera la mujer que fue a verlo al colegio. Posiblemente fuese otra que no tenía nada que ver.

Abraham se aburrió de mirar por la ventana y la dejó abierta para aprovechar el silencio del descanso. Llevados por una suerte de automatismo, se sentaron a comer. Lo hacían sin apetencia, empujados por la costumbre de la hora y el reclamo del estómago. Josephine se sentía un tanto más calmada. Agradecía que Fatma no estuviera en ese momento. Si se hubiera demorado en su trabajo, como otras veces sucedía, ya fuera porque la madre le impedía salir a la hora o porque se entretenía en largas conversaciones con el vecindario, habría tenido que soportar su presencia sabiendo que ella había sido testigo de su desliz. Decidió calificar su excursión con el muchacho con esa palabra, *desliz*, porque le parecía que así le restaba importancia. Al fin y al cabo, nada había sucedido, no había nada que reprochar.

Las tuberías de la casa borboteaban, resonaban como un intestino de metal. Nunca habían estado tan juntos y tan callados. Pensó que el silencio es muchas veces un dedo que acusa, un ojo que atraviesa los borrosos límites de la conciencia.

Cuando acabaron, cada uno vació su plato en la basura y él abrió el grifo para lavar los platos. Mientras esperaba que saliera el agua caliente, Josephine deseaba abrazarlo, decirle que sentía mucho que se hubiera quedado de nuevo en evidencia delante de sus alumnos, del director del colegio.

–A lo mejor deberías ir al médico... –sugirió.

Abraham aumentó el caudal del grifo y llenó el estropajo de jabón.

–Abraham... –continuó diciendo cuando comprobó que no le apetecía hablar–. ¿Y si la razón soy yo?

El agua dejó de sonar.

–¿Cómo?

Josephine lo miró a los ojos.

–He aparecido de repente en tu cama, durmiendo contigo. Soy una intrusa. Esa es la verdad. Ahora no sabes qué hacer conmigo. No sé si esta es mi casa –dijo extendiendo los brazos– y no sé si tú eres mi marido, o un amigo o un compañero de trabajo o... nadie.

Josephine se quedó pensativa. Era la primera vez que se refería a Abraham de esa manera: nadie. Deseó profundamente que regresaran los ruidos del puerto, que se encendiera sola la radio y sonase una canción en ese idioma que no entendía, que alguien llamara a la puerta y su conversación se interrumpiera.

Abraham se secó las manos en el trapo. Sin levantar los ojos, caminó hacia Josephine y dijo:

—Jo... Esta mañana escuché maullar a los gatos, como te he dicho. Estaba dando la clase, en el colegio, pero yo no estaba allí, yo estaba en el Monte Viejo, tú ya sabes... Maullaban porque los habían envenenado. Les dolían las tripas y yo no sabía cómo ayudarlos. Boqueaban como los peces, porque todo el aire del mundo era escaso para sus pulmones. ¿Cómo iba a hacer caso a los niños, Josephine? Yo estaba en el cuarto...

Si Josephine se hubiera mirado al espejo habría encontrado un rostro sin color, unos labios pálidos, unos ojos sin mirada. En esos momentos le habría gustado viajar a Denver y de allí al río Colorado. Le habría dicho a su padre que el Ojo del Sol era la mirada más sublime que había visto en su vida, porque era una mirada sin juicio y porque el sol entero cabía en un agujero. Luego, ya en casa, habría jugado con las serpientes de cascabel. Habría buscado en sus escondrijos para coger a una por la cola, sin miedo, sólo con precaución. «Serpiente —le diría, como si pudiera entenderle—, el veneno es sólo para cuando hace falta...», y la habría dejado de nuevo en su madriguera, sin hacerle daño.

Abraham perdió las ganas de hablar, se recluyó en la habitación que él llamaba «de escritura» y pasó gran parte de la tarde sin salir de ella. Le recordaba a su padre, encerrado siempre en la buhardilla para huir de la madre, para no darle ocasión de indagar en su vida, de preguntarle por qué el actor venía tanto a casa y pasaba las horas encerrado con él. Incluso se atrevió a decirle que Ramón aprendía a pintar. Amy se carcajeó, porque no creía posible que alguien aprendiera a pintar vestido de traje, con zapatos

Saddle de dos colores y un sombrero Stetson que hacía girar en la mano cuando alguien le hablaba. En una ocasión en la que lo presionó hasta la extenuación, lo definió como un diletante. «¿Un diletante? Sí. Le gusta contemplar el arte; sólo viene a mirar.» Amy se quedó perpleja. No conocía esa palabra y fingió darse por satisfecha sólo por evitar que el asunto fuera a mayores.

Josephine sabía que su padre caía rendido ante él por un extraño tipo de seducción. Si echaba atrás en el tiempo y pensaba como mujer joven que era, recordaba al romano Claudio Marcelo, la escultura en mármol que una vez vio en París. Por aquel entonces contaba con dieciséis años y, cuando se encontró ante ella, la rodeó y contempló la curva de su espalda, sus glúteos perfectos y su anchura de hombros, algo parecido a un animal la removió por dentro. Sintió que la sangre abandonaba su cuerpo, que los sonidos venían de lejos, que menguaba la luz. Marcelo se había quedado solo en la sala, agarrado a su capa que caía sobre el caparazón de una tortuga. El padre, que la había llevado hasta allí como la llevó a Denver y a otros muchos lugares, bromeó con ella cuando advirtió su azoramiento, le dijo que la belleza la había trastornado. «Te desmayarás. Sé de alguien a quien le sucedió», dijo con una sonrisa en los labios.

Ella no quiso decirle que dentro de su cuerpo habitaba un animal.

Tiempo después se olvidó del Louvre y se olvidó de Marcelo. Creyó que nunca más en su vida se sentiría de esa manera, como si el alma hubiera escapado del cuerpo.

Pero cuando vio a Ramón por vez primera y se fijó en su nariz recta, en sus ojos profundos y oscuros y en su ancha espalda, creyó que el mismo Claudio Marcelo, sobrino de Augusto, vestido con corbata, americana y sombrero, había entrado en la casa.

Con todo, era su voz, sospechaba Josephine, y a diferencia de ella, lo que atrapaba al padre como un canto de sirena. Una voz dulce, profunda, grave como un golpe a un cristal. A esa voz unía un dominio absoluto de la elocuencia. Ramón escogía siempre las palabras más adecuadas a su discurso, las más resonantes, las más rítmicas y singulares, de modo que, cuando hablaba, parecía entonar una canción en la que sólo se echaba en falta la melodía.

Sin duda, en más de una ocasión a Josephine le pasó por la cabeza que entre ese hombre y su padre había algo más que una relación de amistad, pero sus consideraciones se quedaban en simples conjeturas cuando escuchaba los comentarios de los vecinos tachándolo de mujeriego, de que lo habían visto con diferentes mujeres, en diferentes lugares y en diferentes momentos.

En cualquier caso, poco le importaba a Josephine lo que hubiera entre ellos.

Fuera la seducción de la voz, o la de su propio cuerpo, el padre había caído extasiado ante ese hombre como cayó ella ante el romano Marcelo.

13

Serían las nueve de la noche cuando Abraham volvió a casa. Josephine quería dar un paseo por la playa y tomar un té en la terraza del hotel El Minzah. Pero él le dijo que prefería cenar fuera, que tenía un compromiso. Se encerró durante más de una hora en el cuarto de escritura y salió luego como arponeado hacia la habitación. Mientras se cambiaba de ropa, Josephine le preguntó si había escrito muchas páginas. «No, una o dos, nada más, pero buenas.» «¿Buenas?» «Sí, buenas. En un mes acabaré.» «Eso está bien.»

Josephine leía *La vida perra*. Encontró la novela èl día anterior en un estante del mueble, junto con los álbumes de fotografía. Se propuso buscarla cuando Abraham le preguntó si la había terminado. Leía despacio, distraída por los ruidos que Abraham hacía corriendo y descorriendo las perchas, cerrando armarios, y un sonido áspero, como de pulverizador, que la arrancó por completo de su lectura.

Sin moverse del sofá le dijo que no sabía que usara colonia. Él respondió que tampoco sabía que ella usara perfumes tan fuertes como el que había olido. «Es de almizcle», dijo, y aprovechó para preguntarle a dónde iba. «A dar una vuelta.» «¿A dar una vuelta?» «Sí, a dar una vuelta.» Josephine estiró las piernas y dejó caer encima la novela abierta de par en par. «Me gustaría oler tu colonia –dijo–. El olor de una colonia dice mucho de una persona.» Abraham entró en el salón y le acercó el cuello como si lo ofreciera para un sacrificio. «Huele muy bien.» «A sándalo», puntualizó él, con los ojos cerrados. Luego sonrió y añadió que no era original, que era una copia que había comprado en una tienda del boulevard. Ella le respondió con otra sonrisa, pero cuando iba a preguntarle si no quería que lo acompañara, se dio la vuelta y abandonó el salón. Lo escuchó descorrer el pestillo y bajar aprisa la escalera.

Josephine continuó sonriendo durante unos segundos.

Le extrañaba que no le dijera a dónde iba, y más aún que no le propusiera acompañarlo. Intentó retomar la lectura, pero cada vez que lo hacía las palabras se le desdibujaban, perdía el contacto con la historia y su mente se sumergía en enrevesadas teorías que pretendían explicar su silencio. Llevaban algunos días juntos, pero no los suficientes como para decir que se conocían a la perfección. De todos los enigmas que pudieran existir en torno a él, ninguno era tan desconcertante como esa mirada que echaba al teléfono todas las mañanas a la misma hora. Cualquiera diría que cuando el teléfono sonó él ya lo estaba esperando. Tenía una mano sobre su brazo y había notado cómo se encogía, igual que se encoge un perro al que le van a pegar. Fuera de eso, no le parecía que en la vida de Abraham hubiera ningún otro misterio. Excepto, ahora que lo pensaba, en su relación con ella. Le vino a la cabeza la pregunta que él había formulado: «¿Qué somos tú y yo?».

Al fin y al cabo, la misma pregunta que tantas veces se hacía ella.

«Somos nada —dijo para sí—. No más que dos personas que permanecen juntas por puro azar.»

Fue justo en ese momento cuando en el espejo de la entrada lo vio asomar por la puerta, acompañado de una mujer. No se molestó en levantarse. Se quedó quieta con el libro en las manos mientras él aseguraba el cerrojo y se volvía luego hacia ella, la cogía del mentón con dos dedos y la acercaba para darle un beso con una sonrisa en los labios. «Vamos adentro», dijo él. «*Oui*», dijo ella.

Pasaron por delante del salón sin mirarla, sin preguntar si había alguien en casa. La mujer iba vestida de la misma manera que él, con una camiseta ajustada que le marcaba los pechos, zapatillas y pantalones vaqueros. Estuvo a punto de saludar, no por cortesía, sino por evitar que ocurriera algo que no deseaba ver, pero recordó aquella palabra, «experimento», y se quedó sentada, encogida. Su cuerpo era un cuerpo sin presencia, sin sustancia, translúcido, atravesado por el sol de la tarde y las mortecinas luces del puerto. Permaneció atenta a los ruidos y a las palabras, a la febril agitación de los cuerpos, a los suspiros, a las respiraciones entrecortadas. No se planteó en ningún momento presentarse ante ellos. Simplemente esperó. Fue algo rápido, aunque a veces le pareció eterno, como congelado en el tiempo. Se miró las manos llenas de miel, volvió a cerrarlas. Aún pudo escuchar las risas que vinieron después, cuando ya debían de estar mirando al techo. Qué feliz ese momento en el que se mira a otra parte con el deseo colmado.

No se acordaba siquiera de lo que estaba leyendo, si era Nabokov, o Chéjov o Tolstói. Tuvo que mirar la portada para leer el título de *La vida perra*. Se sentía ridícula con un libro en la mano cuando a tan sólo unos metros una pareja había hecho el amor y uno de ellos era su marido, o su amante, o quién sabía qué...

Se le iba la mirada a las paredes, a los cuadros de Hopper: *Sol de la mañana*, *Once de la mañana*, *Interior de verano*, *Silla de coche*... Mujeres que esperan, mujeres que miran, mujeres que leen, que viajan, que piensan, mujeres todas, y todas solitarias. En el espejo de la entrada miraba el reflejo y veía una mujer sin pasado, sin futuro, y ahora también sin presente.

Tan sumida en sus pensamientos estaba que sólo un grito en el rellano la despertó de su abismo. Si el corazón no la traicionaba, diría que conocía ese timbre de voz, grave y resonante en la garganta, como la voz de Mohammed. También podía ser que la imaginación jugara con ella y la voz que la había despertado fuera la de la oración del Amanecer. Se dio cuenta de pronto de que las voces y risas habían desaparecido. Si Abraham y esa mujer dormían, eso significaba que debía aguardar a la mañana siguiente para saber quién era ella y por qué la había traído a casa. Hubiera preferido que Abraham le dijera a la cara que tenía una amante. Seguramente lo hubiera entendido, incluso si fuera una mujer de la calle, una puta, una perturbada.

Si entre ellos no había nada en común, más que la casa que compartían, ¿quién era ella para prohibírselo?

Pero Abraham le había dicho que era un «experimento», por tanto, sólo tenía que mostrarse indolente, fingir que el hecho no cambiaba nada.

A veces hacemos eso, soplamos las ascuas para reavivar el fuego.

Para eso tenía que tragarse el orgullo y taparse los oídos si hacían de nuevo el amor. No era nada nuevo. Había aprendido a dormirse con los oídos tapados. No se le olvidaban las noches aciagas, de silencio absoluto, noches de azul oscuro, de viento en las cuerdas. Se le grabó a fuego el teléfono, su sonido replicado en los azulejos de la cocina. Se había enfadado con su madre esa mañana, a cuenta del actor que venía a casa. Josephine defendía a muerte al padre, y defendía a muerte a Ramón. En su fuero interno, sabía que su generosidad no era absoluta, que, si bien daba la cara por el padre, la empujaba el animal que llevaba dentro.

La verdadera razón del enfado, justo antes de que llevaran a la madre al hospital, era otra muy diferente: había tomado la decisión de acabar con los sortilegios, con las maldiciones, el miedo a la sal derramada, a los paraguas abiertos, a los gatos negros. La madre intentaba hacerla entrar en razón, la siguió por el pasillo, por las habitaciones, por todos los lugares que ella pisaba. Josephine se movía como una loca, un poco fuera de sí, el pelo revuelto, la mirada perdida. En el comedor había altos ventanales con cortinas de gasa y una chimenea. Habría escapado de haber encontrado una ventana abierta. Pero cambió de idea cuando se fijó en el atizador de las brasas. Lo blandió en alto, como el arcángel san Miguel cuando se enfrentó al demonio, y lo descargó en un espejo que llegaba al techo. «San Miguel, san Miguel», clamó bien alto. Un estallido de destellos pintó las paredes de infinitos colores, de luces, de biseles, de esquirlas afiladas como cuchillos. Luego vino otro espejo, y otro. La madre se tapaba los ojos y miraba entre los dedos. Josephine sólo descansó cuando no quedó uno entero. Para cuando ese momento llegó, el suelo del comedor era una playa de brillantes y afilados fragmentos de cristal. Josephine se sentó sobre ellos y le dijo a la madre que por fin había echado a las serpientes de cascabel, que nunca más tendría miedo al veneno.

Luego se recluyó en su habitación. No advirtió que el padre había vuelto, estaba de viaje con su amigo Ramón. Se encontró a la madre con un pañuelo apretado en la mano, y en la ropa una mancha de sangre que corría por la entrepierna.

Al final de la mañana sonó el teléfono.

Su padre le dijo que su hermano había muerto.

Aprendió a dormir con los oídos tapados, por no oír el teléfono.

14

Un rayo de luz, hiriente como un cuchillo, la despertó por la mañana temprano. Lo primero que vio fue que el cuadro de Hopper a los pies de su cama no era el mismo de siempre. Se incorporó. Se había quedado dormida. *La vida perra* estaba en el suelo abierta, cualquiera sabía por qué número de página. Los ruidos del puerto remarcaban el silencio de la casa. Se apresuró a mirarse en el espejo y se paseó los dedos por el rostro amarillento. Tenía los ojos hinchados, la piel pálida, el pelo encrespado. Se lo alisó con las manos. Pensó si era el momento adecuado para pedir explicaciones o debía esperar a que la mujer se marchara para decirle exactamente lo que deseaba decir. Pero consideró que nada le garantizaba que no la conociera de antes, que fuera ella, Josephine, quien había llegado más tarde a la vida de Abraham.

Paseó de aquí para allá. Se adentró en la cocina con cautela, no fuera que los despertara y asomaran a la puerta medio desnudos. Se preparó un café con mucho cuidado para evitar cualquier ruido. Lo había comprado en Las Campanas, donde toda la vida, al principio de la calle Siaghins. No quiso echarle azúcar, deseaba paladear su amargor, notar la ruda aspereza en el fondo de la garganta. Sentía el estómago revuelto, incapaz de admitir algo que no fuera ese sabor amargo que replicaba el amargor de su ánimo. En esos momentos percibía la futilidad de las cosas, su valor pasajero. Pensaba que llegaría un momento en el que todo desaparecería, como había desaparecido el pasado. No tenía nada más a lo que asirse que a ese hombre, y ahora ese hombre tampoco le pertenecía.

Quizá lo mejor sería confesar que su sitio en el mundo no era ese, sino otro, cualquier otro. Lo mejor sería recoger su ropa —la ropa que Abraham le había regalado— y marcharse a cualquier lugar que no fuera Tánger. Podría volver a Estados Unidos, a la casa de Maine. Viviría de nuevo con su madre, si es que aún vivía. Porque no se escribía con ella. La había dado casi por muerta. La imaginaba sola, dueña de la casa desde el sótano a la buhardilla, las paredes forradas de espejos, los muebles sembrados de velas blancas, de velas negras, de amuletos, talismanes. La imaginaba frente a una ventana, como en un cuadro de Hopper, pero con la cara amarga y el gesto adusto de labios finos, de pupilas mínimas, que jamás cambiaba.

Tuvo arrojo para levantarse, acercarse a la puerta y apoyar el oído. Esperó oír algún ruido, pero parecía que dentro no había nadie, o que dormían profundo. Se apartó de la puerta y fue entonces cuando se abrió. Apareció Abraham vestido, con la barba de días, el ceño fruncido por la luz, sujetando el pomo como si impidiera la entrada.

—Buenos días —dijo—. No has dormido aquí.

Josephine sintió cómo se le erizaba la piel ante lo que le pareció una abierta provocación. Lo miró fijamente a los ojos.

—He dormido en el salón, ¿en qué otro lugar, si no?

Abraham apretó los labios, se restregó la cara con una mano y, viendo que Josephine hacía intentos por mirar en el interior de la habitación, abrió la puerta sin llegar a soltarla. Lo primero que llamó la atención de Josephine fue el cuadro de *Habitación de hotel*. Ahí estaba, como siempre, en la pared a los pies de su cama. El cuadro con el que se despertaba todas las mañanas, imaginándose dentro, en su escena, sentada en la cama vacía, con las maletas cerradas junto al sillón. Habría querido contener más firmemente su indignación, mostrar la indolencia que en un principio se prometió a sí misma, pero el corazón le temblaba, como le tembló la voz cuando dijo:

—Déjame pasar.

Entró con determinación, decidida a enfrentarse a esa mujer que había dormido en su cama. Pero se encontró con un colchón que aún mantenía el hueco de un único cuerpo, las sábanas en el suelo, la almohada hendida por la mitad. Miró a la puerta. Abraham no estaba. El ruido de un grifo le indicó que había ido al baño.

Aprovechó para examinar los rincones, detrás de la cortina, paseó los ojos por encima del armario, por debajo de la cama. Pero allí no había nadie. Pensó si su sueño había sido tan profundo que no la oyó abandonar la casa.

Cuando regresó a la cocina Abraham abría la tapa de la cafetera para comprobar el café.

—Veo que te has levantado antes —dijo.

—Hace un poco...

—¿Quieres otro café?

Josephine temió que la voz le fallara, que se deshiciera en un gorgoteo de palabras temblorosas, y prefirió asentir con la cabeza al tiempo que se sentaba.

Abraham arañó un trozo de mantequilla y lo untó despacio, haciendo crepitar el pan. Sus ojos atendían al ir y venir del cuchillo, a la mano haciendo equilibrio para sujetar la tostada. Pero su pensamiento estaba en otro lugar, lejos de la cocina. A Josephine le gustaba verlo en esa actitud, la barba incipiente, los ojos marcados de sueño. Pensó que en esos momentos sería capaz de redimirle por todos sus pecados, de disculpar sus misterios. Sin embargo, la desazón había anidado en su cuerpo. Sentía rabia, una rabia ridícula que no podía justificar. Sabía que era injusto culpar a Abraham de lo sucedido. Recordó la palabra «desliz». «Soy una tramposa», se dijo. También él podía cometer un desliz, al igual que ella. Entonces, ¿por qué lo juzgaba? ¿Por qué esperaba el momento propicio para hacer un reproche?

Tal vez dejaba pasar el tiempo para reunir las fuerzas suficientes, pero no dejaba de preguntarse cómo era posible que la mujer saliera de la casa sin que ella lo advirtiese. Su sueño era ligero, había aprendido a dormir atada al fino hilo de la vigilia. Su cuerpo se dormía, pero no su consciencia. Su consciencia permanecía vigilante, porque se había acostumbrado a esperar que en algún momento irrumpiera el estridente sonido de un teléfono.

Sus convicciones, de nuevo, comenzaron a flaquear. ¿Y si todo hubiera sido un sueño? Tal vez se había dejado llevar por sus pasiones, porque ella era una mujer apasionada. Había reaparecido en una nueva vida, y en esa nueva vida había una nueva mujer que no quería perder el tiempo, que quería beberse la ciudad entera de Tánger, que luchaba por entregarse al deseo y provocar que el deseo se entregase a ella.

El café, esta vez, le supo dulce. Le había echado demasiado azúcar, no sabía cuánto, pero seguro que más de una cucharada. Con todo, lo degustó como degustaba la compañía de Abraham, ajeno, al parecer, al tráfago de sus pensamientos. Algo había de mágico en ese hombre que la incitaba a perdonarlo siempre, acaso porque, al fin y al cabo, también ella necesitaba ser perdonada.

Pero, sin duda, también ella guardaba secretos, como lo sucedido con Mohammed. Tal vez debería decirle que había estado a punto de entregarse a un hombre, que no era, por supuesto, cuestión de amor, que el motivo era el animal que vivía dentro de ella. Sin embargo, ¿a quién convencería esa explicación?

Apuró el café. Se limpió los labios.

—Abraham... —dijo.

Cuando lo miró, se encontró con que sus ojos estaban puestos en el teléfono.

—¿Qué...?

—¿Hay más personas en tu vida?

—¿Más personas?

—Quiero decir... ¿Te acuestas con alguien?

Él sonrió. Sacudió la cabeza como si espantara una mosca.

—¿Y qué importa eso?

Josephine se enderezó. Todos sus buenos sentimientos se diluyeron en un indescriptible escozor.

—Si estás con una mujer deberías decírmelo.

Abraham frunció la frente y echó una mirada al teléfono. A Josephine comenzaba a irritarle esa obsesión. Estaba harta del misterio, de las verdades a medias que le decía cuando preguntaba de quién era la llamada que esperaba. Sintió un súbito rubor en las mejillas.

–Dime... –insistió.

Abraham carraspeó. La miró muy fijo, pero, cuando iba a responderle, el teléfono comenzó a sonar. Un sonido antiguo, de carcasa metálica, exactamente igual que el sonido que ella recordaba, como una campana. La cocina, de pronto, se llenó de agudos timbres que resonaban en los azulejos, en la encimera, en los cristales de la ventana.

–Abraham, dime...

Pero Abraham permanecía con las palmas de las manos vueltas contra la mesa. Los ojos en un punto fijo en ella. Parecía ensordecido, lejos de allí, de la casa. No podía saber Josephine cuál era ese lugar, por qué se enajenaba. Abraham era como un personaje en un cuadro de Hopper, solitario, pensativo, mirando a un punto en la madera en lugar de la ventana. El sonido iba y retornaba, se dividía en cientos, en miles de pequeños tonos cada vez más afilados.

–¡Abraham! –gritó.

Josephine hizo amago de levantarse. Pero Abraham se incorporó al tiempo que tiraba al suelo la silla y se abalanzaba hacia el teléfono. Lo descolgó. Se puso al oído el auricular. Se escuchó un murmullo de fondo, una frase larga enunciada en un tono de exigencia. Abraham cabeceaba, asentía, parecía decir que sí, que no, pero en realidad no decía nada, mantenía los labios cerrados, la mirada turbia, como si aún no hubiera dejado de mirar a ese punto imaginario del centro de la mesa. Dejó pasar unos segundos. Josephine se levantó. Quería saber si alcanzaba a oír la voz del teléfono. Abraham se giró hacia la pared y, con un fuerte golpe, colgó el auricular sin siquiera despedirse.

–Pero...

Josephine se llevó las manos al rostro. Abraham la evitó, miró al suelo, al techo, a los buques del puerto. Ahí estaba de nuevo ese hombre apoyado en la ventana, guardándose los secretos. De pronto le pareció la persona más egoísta del mundo, la más insensible. ¿Es que no se daba cuenta de que ella se sentía viviendo en una cárcel? ¿Es que no se daba cuenta de que él era su carcelero?

Sintió una fuerte presión en los lacrimales. Cerró los puños, como si con ese gesto impidiera que le resbalaran las lágrimas. Pero su rabia era tanta que no pudo evitar gritarle.

–¡Egoísta!

Abraham miraba los buques, las grúas; miraba la torre de la mezquita como si esperase que de un momento a otro cantara el almuecín. «Qué le importaban ahora los rezos», pensó Josephine. Hasta eso le había desaparecido: la fe, un dios, cualquier dios. ¡Hay que tener un dios incluso para poder rechazarlo! Pero ni siquiera eso se le daba. Apretó aún más los puños, deseaba decirle muchas más cosas, que ya estaba harta, que no soportaba más esa situación, que podía perdonarle cualquier cosa: sus devaneos con las mujeres, su insistencia en llevar una vida solitaria, incluso su falta de sensibilidad para entender que ella era una mujer sin pasado, y que con ese pasado lo había perdido todo, pero no podía soportar ese secreto que se guardaba, porque sospechaba que su vida dependía de ello, de que, por alguna extraña circunstancia, por una suerte de magia, o por una simple casualidad, ese secreto era en parte responsable de la cárcel en la que vivía.

Josephine se acercó a Abraham y dirigió la vista al mismo punto que él. Vio los barcos chinos esperando su turno, las gaviotas argénteas azuzando a las palomas, vio Zahara de los Atunes, y pensó que tanto ella como él eran seres solitarios mirando por una ventana. Aún sentía la presión en los ojos, la necesidad del desahogo. En silencio, junto a ese hombre que la traicionaba, Josephine pensó que esa situación tenía que acabar de una vez por todas. Se limpió los ojos, porque no quería que Abraham descubriera siquiera el asomo de un brillo, templó la voz y dijo:

–Llegará un día en que no encontrarás a nadie en tu cama.

15

Su madre era hermosa. Tenía los labios finos, la nariz recta, los ojos oscuros. Se maquillaba poco, lo justo para restar palidez al rostro y añadir color en los labios sin caer en la ostentación. Se hacía el moño en la nuca, el pelo en las sienes cogido por unas horquillas. Usaba perfume a menudo, una colación de pétalo de rosa, ya macerado, que impregnaba la casa con un aroma de cementerio.

Josephine se atrevería a decir que en muchos kilómetros a la redonda no existía una mujer más hermosa que ella, exceptuando, por supuesto, las modelos de los anuncios de perfumes y las actrices de Hollywood que veía en el cine, incluyendo a Michèle Girardon. Ni siquiera ella había heredado esa belleza que diría simétrica, como extraída del molde de una escultura clásica.

La suya, en cambio, era una belleza agreste, que necesitaba del maquillaje para resaltar.

Por eso, cuando la vio cruzar la puerta de la casa con paso firme, los ojos ensombrecidos por el ala del sombrero y un bolso cogido por una mano enguantada, pensó que nadie más que ella podría salir tan airosa de un hospital después de haber perdido a un hijo.

Sea como fuere, Josephine se habría lanzado a sus brazos, suplicado que la perdonara por la discusión de aquel día. Habría, incluso, llorado. A tanto le llegaba la culpa. Pero la madre pasó por su lado como si no la viera, dejando en el aire un rancio olor a pétalo de rosa. El padre, que la seguía a unos pasos con la maleta en la mano, le dedicó una triste mirada.

Durante esos tres días en los que la madre permaneció ingresada, el padre la llamaba a menudo para hablarle de su estado de ánimo, de lo que había comido ese día y las novedades del parte médico. La última vez que lo hizo, antes de recibir el alta del hospital, le dijo que la madre ya no podría tener más hijos. La razón no la podía recordar, porque cuando el padre se la explicó ella escuchaba los ruidos como en un fondo de mar.

También en esos tres días Josephine vio cómo unos hombres cargaban los cristales rotos en una furgoneta y barrían el suelo del comedor.

Una vez en casa, la madre no salió de la habitación en una semana. El marido le llevaba la comida y el agua en una bandeja. De vez en cuando Josephine escuchaba el ruido de la puerta del baño, el agua de la cisterna y algún que otro conato de discusión que acababa siempre con el sonido amortiguado de la cerradura.

Sabía Josephine que también su padre se sentía culpable. La mañana en la que todo ocurrió él estaba de farra con su amigo el actor, llevaba fuera cuatro días, con la excusa de un trabajo en común. Pero entre ellos no había nada en común que no fuera una amistad que la esposa consideraba insana. Josephine vaticinaba que, cuando el tiempo diluyera la culpa, el padre se marcharía, la dejaría a solas con sus dislates. Si bien esperaba que cambiara de idea, aunque sólo fuera porque también ella deseaba marcharse, y si no lo hacía era simplemente porque lo que para su padre era una necesidad de escapar, para ella era atadura, y también porque no olvidaba que tiempo atrás, en la buhardilla, una vez le dijo que no existía nada en el mundo que pudiera amar más que a ella.

Poco tiempo pasó hasta que el comedor volviera a cubrirse de espejos. Más altos, más anchos, más brillantes, incluso. La vida en la casa continuó tal como era, excepto en la relación de la madre con Josephine. Si antes no se preocupaba de comprobar si se había despertado para ir al colegio, desde el mismo día en que acabó su convalecencia comenzó a golpear delicadamente la puerta de su habitación antes de que el despertador sonara; si tiempo atrás se iba a la cama sin anunciarlo, cogió luego la costumbre de darle las buenas noches. A la hora de comer le servía los platos. Se los recogía. No requería su ayuda cuando limpiaba la casa. Si la veía en el salón, se sentaba a su lado, leía. Veían juntas la televisión. Siempre se acompañaban si estaban las dos en la casa.

Sin embargo, la madre no la miraba, no le hablaba si no era necesario. No la tocaba. Si Josephine le hacía una pregunta, sus respuestas eran cortas, imprecisas, como si lo que preguntara nunca fuera importante.

Con el tiempo, Josephine dedujo que la madre forzaba el encuentro para mostrar la separación, de modo que reconocía su presencia sólo para luego ignorarla. Ese era su castigo: decirle, sin utilizar palabras, que aunque estuviera a su lado no la veía, que era invisible; que su hija, en realidad, había muerto.

La madre la había convertido en un fantasma.

Josephine decidió que permanecería en la casa el menor tiempo posible. Buscó un trabajo de camarera en una hamburguesería de la ciudad, de manera que al poco de llegar del colegio ya se preparaba para volver a salir. Su padre la llevaba y la traía. A ella le gustaba que la gente la viera dentro del Dodge Coronet. Usaba tacones altos para el trabajo, y cuando se apeaba, si en ese momento coincidía con un conocido, asomaba un zapato primero, luego el otro, y mantenía la puerta abierta mientras se despedía, de forma que diera tiempo a que la gente la viera cerca del Dodge.

Todas las tardes, en el corto viaje al trabajo, se ponían al día. Hablaban de las cosas de casa, de la pintura, de su amigo Ramón, de muchos asuntos que frente a la madre era imposible hablar. Una tarde, el padre entró en el coche con el sombrero puesto y arrancó deprisa. Después de un silencio, le dijo que veía bien a la madre. Ella dijo que sí, que la veía más calmada, pero que de vez en cuando la perdían los nervios y que no le gustaba su trato. Él asintió. Le apenaba esa forma de tratar a su hija.

Sin embargo, si estaba presente nunca intervenía, se ocultaba tras un periódico o se levantaba con la excusa de que debía hacer una llamada de teléfono.

–Las personas no cambian –dijo el padre.

A Josephine, esa sentencia, dicha por él, le sonó a condena. Por no seguir con esa conversación, le habló de su viaje a Denver, del Ojo del Sol. Le habló de la cabeza de Medusa, en la Galería de los Uffizi, que tanto la impresionó. «Me gusta Caravaggio», dijo, y luego, como si uniera esa imagen de la gorgona a la de la madre, preguntó:

–Papá, ¿tú crees que mamá me envenenaría?

El motor se revolucionó al subir una cuesta.

–Eso que dices es una barbaridad...

–¿Una barbaridad? –repitió ella frunciendo los cejas.

–Una barbaridad –recalcó–. Ella nunca haría eso. Sólo está descentrada... Un poco descentrada, eso es todo.

Josephine miraba a lo lejos. Unos cuervos jugaban en el aire. Le gustaban los cuervos. Seres inteligentes, sin color, que no necesitan la belleza para triunfar. Si la madre los viera, se santiguaría, clamaría al cielo, apelaría en voz alta al arcángel san Miguel.

El padre insistió:

–Ella nunca haría eso.

–Pero tú te vas a marchar.

–¿Cómo?

–Te vas. Te oí hablar con tu amigo.

Las manos del padre sujetaban el volante con delicadeza. Se sentía a gusto en el Dodge. En aquel tiempo, muy pocos coches llevaban radio instalada. La suya era una Motorola y, cuando le aburría la música o las noticias, le hablaba como a un ser humano. «Cambia de emisora», le decía, mientras hacía girar el botón del dial. «Sube el volumen», ordenaba, girando el otro botón. A Josephine le divertía esa forma de tratar las cosas, que a la madre le avergonzaba.

–He esperado mucho tiempo, tú lo sabes –dijo entrecerrando los ojos por el sol–. Pero hay un límite. Y hemos llegado a ese límite.

–¿Mucho tiempo?

–Sí, mucho tiempo.

124

–Pero tú no lo haces por eso...

Un automóvil los adelantó, dejando a su paso un rastro de humo.

–Tú lo que quieres es irte con él...

El padre apretó el acelerador. Los campos de cereal desfilaban a los lados del automóvil como manchas difusas de color amarillo. Era imposible evitar los agujeros, agujeros que cualquier otro día hubiera evitado. El Dodge botaba, se zarandeaba, pareció que flotaba cuando pasaron por encima del cadáver de un animal. En una curva, el sombrero salió volando por la ventanilla abierta. Pero él siguió adelante, sin mirar al espejo. «Vas demasiado rápido, papá», dijo Josephine. El coche era como un bisturí que hendía el horizonte, dejando a sus costados una piel de girasol. Se agarró al asa del techo al ver un camión asomando a lo lejos.

Se propuso contar los postes de telégrafo, uno dos tres, uno dos tres... Pero cuando llegaba al cuatro perdía la cuenta y el mundo se hacía pequeño, se concentraba en un punto, como si se colara por el cuello de una botella, por un agujero.

Entonces gritó.

–¡Basta!

El padre levantó el pedal del acelerador y dejó que la inercia llevara el coche hasta un punto de la carretera donde el asfalto y la tierra estaban a la misma altura. Luego giró despacio el volante, adentrándose en un campo de girasoles. Aún recorrieron un trecho, hasta que se paró por sí mismo, sin necesidad de pisar el freno.

Una nube de polvo sobrevoló el techo y se posó sobre los cristales y el capó. Los cuervos jugaban a tan sólo unos metros. Uno lanzaba un objeto, una piedra o una rama que otro recogía. Al fondo, el horizonte era amarillo. «En algún lugar de ese campo –pensó Josephine–, en un agujero en la tierra, o bajo una pila de piedras, seguramente anidarían las serpientes de cascabel.»

Miró a su padre, la cabeza sobre el volante, el temblor de sus manos. Se arrimó lo justo para acariciarle la nuca y comprobó que tenía el pelo mojado. Josephine se aclaró la voz.

–Sé que dentro tienes un animal, papá –dijo–. Pero te quiero.

16

Cuanto más pensaba en Abraham, más se convencía Josephine de que se había equivocado. Se sintió tan desdichada, se señaló tanto a sí misma, que en ningún momento consideró seriamente que el origen del problema pudiera no estar en ella.

Si de algo le había servido la discusión era para dejar de ver a Abraham como alguien que sufría su adversidad. Era él quien había aparecido durmiendo a su lado, y no al contrario. Era él el impostor, el extranjero, el oportunista que aprovechaba una oportunidad.

Cualquiera que fuera el origen de ese cataclismo vital, Josephine ya no se veía como la intrusa que creía ser. Desde luego, no había nacido de nuevo, entre otras razones, porque el hecho físico era imposible. Elucubraba, y en sus elucubraciones ya no veía a ese hombre como su salvador. Se había cobijado en él como se habría cobijado con cualquiera que le hubiera ofrecido una seguridad. Como las aves que al nacer rompen el cascarón y siguen a la madre por un instinto natural. Lo sucedido, por tanto, obedecía a una simple necesidad de supervivencia.

Lo que ahora importaba era averiguar los verdaderos intereses que guiaban a Abraham. Si hubiera querido, habría desaparecido hacía ya mucho tiempo. Se habría marchado sin verse obligado a dar una explicación. Sin embargo, permanecía ligado a ella como el primer día. Comían juntos, compraban juntos, paseaban juntos. De vez en cuando le traía ropa. «Una mujer del Hospital Español me ha conseguido esto», decía, y abría un cesto cargado de ropa del que se desprendía un fuerte olor a naftalina.

Desconocía Josephine si esa manera de comportarse, como si toda la vida hubieran vivido juntos, como una pareja bien avenida, no era más que una impostura. Tal vez Abraham sabía de ella mucho más de lo que aparentaba saber. En caso contrario, ¿por qué no le insistía en buscar una explicación? ¿Se puede aceptar que un suceso tan extraordinario como encontrar a una desconocida en la cama se entienda dentro de lo natural?

Sin duda alguna, si Abraham no la había abandonado no era por altruismo, ni por indiferencia, ni mucho menos por amor. Una poderosa razón, un enigmático interés, lo mantenía atado a la casa como un Gulliver al suelo.

Sus sospechas acentuaron en Josephine su necesidad de saber. De pronto, comenzó a preguntarse por qué Abraham entraba en ese estado de ansiedad cuando el teléfono sonaba. Ella misma había sido testigo. Había visto cómo se le crispaban las manos, cómo, entre tono y tono de llamada, las venas de las sienes se le dilataban, cómo se le cubría la frente de un sudor frío y le era imposible abrir la boca incluso para comer.

Fuera quien fuese esa persona de quien esperaba una llamada, no podía ser un médico, y mucho menos un vendedor. No era razón suficiente para perder los estribos como los había perdido esa misma mañana. La razón debía de ser más abstrusa, más inconcebible, como, por ejemplo, una llamada de la Policía. Tal vez la *Gendarmerie* siguiera sus pasos, y eso explicaría su temor. Pudiera ser que estuviese envuelto en un asunto de drogas, que fuera un embaucador, un traficante, un contrabandista, que incluso hubiera cometido un delito de sangre.

Josephine se estremeció. Si eso fuera cierto, estaría durmiendo con un asesino.

Lo peor de todo era que, una vez planteada esa posibilidad, no podía dejarla pasar. No se había dado cuenta, pero mientras pensaba, mientas conjeturaba, ya se había puesto las medias, se había abrochado la falda y se había pintado los labios frente al espejo. Sin ser consciente de ello, los actos de su cuerpo se adelantaban a sus pensamientos.

Pensó en despedirse de él, pero llevaba encerrado toda la tarde en el cuarto de escritura y no deseaba darle ninguna explicación. Por otro lado, le guardaba resquemor. De modo que abrió y cerró sigilosamente la puerta. Permaneció en el rellano unos segundos pensando si lo que hacía era lo correcto. En ese mínimo lapso de tiempo, Josephine reconoció en el aire el dulce aroma del cuerpo de Mohammed. Miró a la escalera que llevaba al piso de arriba y lo imaginó sentado en un peldaño con las manos juntas sobre la chilaba, aprestando el oído, deseando verla, aunque fuera a través de la reja. Se imaginó dividida en rombos de alambre, deseada desde unos ojos oscuros con grandes pestañas.

Una vez convencida de que Abraham no la había oído salir de casa, se precipitó escalera abajo en una dirección concreta. Durante el camino, para armarse de fuerza, recordaba los momentos pasados, su único pasado, tan reciente, que resultaba difícil formularlo en palabras. Uno por uno descartó los recuerdos que en su momento le resultaron gratos, los mutiló, los cercenó como se cercena un racimo de flores viejas. Se quedó sólo con las espinas, con la sangre en las manos.

Abraham era un consumado egoísta, un egocéntrico, un hombre a quien le convenía la compañía de una mujer despistada, una mujer que necesitaba, ante todo, seguridad. Su cariño era falso, porque no se puede amar cuando no existe el respaldo del tiempo, cuando el tiempo compartido no pasa de un puñado de días. Existían misteriosas razones, y una de ellas, presentía Josephine, era mantener una sólida coartada. La mera alusión a esa palabra, *coartada*, le producía escalofríos. Se sentía ridícula por no haberse dado cuenta mucho antes. Tal vez ahora fuera demasiado tarde para librarse de él, pero, ¿y si lo hiciera, si consiguiese marcharse de la casa y de la ciudad, si fuera ella quien le abandonara, adónde iría?

Las miradas de la gente con la que se cruzaba producían en ella un efecto demoledor. Se sentía atravesada, descubierta con las manos manchadas, se sentía sucia. Era una cómplice, porque alguien que apoya la coartada de un delincuente sólo puede ser una cómplice, una encubridora.

Sabía por su padre que existía una comisaría en el barrio del Marshan. Dejó a un lado los altos cipreses del jardín de la Mendubía para recorrer la calle Italia. Vio a lo lejos el Cinema Rif, donde una vez, hacía mucho tiempo, vio a la magnífica Joséphine Baker en *Zouzou*, con Jean Gabin, el mismo de *La gran ilusión*, y de *Pépé le Moko*.

Admiraba a esa mujer rebelde, el collar de perlas en sus pechos hermosos, su sonrisa, su bizqueo, sus largos brazos. No podría decir qué edad tenía en aquel momento, pero recordaba que quedó extasiada por esa mujer que no era ni blanca ni negra, por sus dientes perfectos y porque se llamaba como ella, con la simple adición de una tilde. Si pudiera volver a nacer y elegir a quién parecerse, elegiría a Joséphine Baker, pero había descartado que volver a nacer fuera posible. Aun así, se complació imaginándose vestida con su collar, viajando de aquí para allá con su sonrisa incesante, con su falda de plátanos y el rizo en la frente.

Mientras caminaba dejaba a los lados los puestos de fruta, las pastelerías y las tiendas de argán. Llegó al final de la calle, pero allí no había nada que no fueran edificios antiguos, maltratados por el tiempo y la dejadez. Ninguno de ellos, en cualquier caso, tenía el aspecto de una comisaría o un edificio institucional. Volvió atrás, a la plaza del Zoco de Fuera, y recorrió el camino paralelo para entrar por detrás. A veces, cuando los tacones de sus zapatos golpeaban el suelo, creía notar que los latidos del corazón fluían por ellos, que se adherían al ritmo de la ciudad. No se olvidaba de que las calles habían cambiado, igual que sus nombres. Esperaba no sorprenderse, y menos aún desanimarse, si descubría que no recordaba nada, que los lugares le eran extraños, que esa ciudad podría ser cualquier otra. Estaba segura de que, si vivía en Tánger, era porque así lo había deseado su padre.

—No puedes dejarme con ella —le suplicó cuando se convenció de que se marcharía.

Aquel viaje entre los girasoles había abierto la caja de los secretos. Ya nada se escondía, ya nada se evitaba decir. Si hubiera sido por ella, le habría propuesto que en ese mismo instante en que la llevaba al trabajo se desviara de la carretera y se marcharan lejos, muy lejos. El corazón le golpeaba en el pecho mientras pensaba en ello, pero el padre no quería marcharse sin atar cabos con su mujer.

Ella, en cambio, sólo quería romper ataduras.

—No tendría sentido, Jo —respondió el padre—. ¿Qué haríamos tú y yo y...?

No se atrevió a añadir el nombre de Ramón. Le avergonzaba incluso pronunciarlo.

Sin embargo, a Josephine le importaba bien poco esa reunión atípica, por más extraña que pudiera parecer. ¿No era acaso peor una vida rodeada de espejos, de sórdidos talismanes, de ojos turcos y piedras de azabache? ¿No era peor una casa bendecida por lúgubres sortilegios, cuajada de rincones oscuros que concitaban los más luctuosos sueños?

—Pero si haces eso me abandonas, papá... Me dejas sola con ella.

Los ojos del padre miraban a un punto impreciso de la carretera. Josephine comprendía que lo sucedido el día anterior en el campo de girasoles fue como arrancar las raíces de un árbol. Lo más recóndito, lo más imprevisible, había quedado al aire. Carecía de sentido utilizar circunloquios o eludir las palabras.

—Pero es tu madre...

Ella lo miró, incrédula.

—Y tu mujer... —añadió Josephine, y de inmediato se arrepintió, por lo irrebatible de su argumento.

Sin embargo, no pareció que al padre le afectara esa sentencia definitiva. Permanecía con la vista fija en ese punto indeterminado, que sin duda no se encontraba en la carretera, sino en un pensamiento, en una ensoñación. Debía de imaginar esa vida anhelada, la libertad, una vida plena regida por el deseo.

Sus manos agarraban sin fuerza el volante.

—Se queda con la casa... Con todos sus muebles. Le pasaré además un dinero todos los meses. Lo suficiente para darse los caprichos que desee —guardó silencio un instante y añadió—: Tú también vivirás bien.

Josephine se habría echado a llorar. Se habría bajado del coche en marcha y habría esperado a que su padre viniera detrás. Pero odiaba los arrebatos, los excesos del ánimo. Odiaba todo aquello que la acercaba a la madre, a sus locuras, a su turbia naturaleza.

Había llegado al final de la calle, a un paso del mar. No había encontrado ninguna comisaría, ni el resto antiguo de un cartel que anunciara una existencia anterior. Miró a un lado y a otro de la calle. Levantó la vista al cielo. Azul, brillante, inmenso. Las gaviotas planeaban en lo alto. Cuando agachó la cabeza y cerró los párpados, las gaviotas volaron dentro de sus ojos. Contempló el sutil movimiento de sus alas, la altura que alcanzaba su vuelo. Abraham admiraba las gaviotas, aves que devoran polluelos, pero gráciles en el aire. No todo es lo que parece. Josephine abrió los ojos como si hubiera despertado de un sueño. Cayó en la cuenta de que iba camino de denunciar a Abraham y acusarle de traficante, de embaucador, incluso de asesinato. Sus manos arrimaron con afecto el bolso hacia el pecho. Fue él quien se lo regaló, al igual que le había regalado la ropa que llevaba puesta.

Apretó los labios. «Pero ¿qué estoy haciendo?», susurró, al tiempo que sus pies iniciaban el camino de vuelta.

Abraham no estaba en la casa cuando llegó. Entró en el cuarto de escritura y revolvió los objetos sobre la mesa, como si pudiera encontrarlo confundido entre ellos. Apartó el ratón del ordenador y encontró una fotografía en blanco y negro en la que se reconoció. Del tiempo, quizá, en que vivían en Maine. Se apoyaba contra el costado del esplendoroso Dodge Coronet, de color azul, un azul como no había visto en Tánger ni en ningún otro lugar. La evocación le provocó una inusitada nostalgia. Se le humedecieron los ojos. Tenía los brazos cruzados sobre el pecho, el cabello recogido en un moño bajo, el que la madre le enseñó a hacer. Sin embargo, mirándola de cerca, comprobó que en su rostro no había alegría, ni chispa, ni satisfacción. Era un rostro sombrío, un rostro sombrío a la luz del sol.

Examinó los papeles por si hubiera dejado algún aviso, como otras veces había hecho. Todo lo que encontró fueron unas notas en sucio, hechas a mano, con nombres de cuadros de Hopper, descripciones de sus personajes y escenas, en los que se repetía constantemente la palabra «sola», «sola», «sola», y otra: «mira», «mira», «mira» ... No dejaba de sorprenderse por esa coincidencia en el argumento de una novela, tan parecida a la que ella escribía. Una mujer que pierde la memoria, una mujer sin pasado...

De pronto se sintió incómoda, sin autoridad para hurgar entre sus pertenencias. Miró más allá de la ventana, al minarete de la Gran Mezquita. No tenía idea de a dónde podría haber ido. A esas horas, las siete de la tarde, solía estar en casa escribiendo, o con ella, hablando de su novela, de la novela de ella, de pintura, de literatura, del modisto Apolinar, si fuera necesario. Entre ellos no existían trivialidades. Cualquier palabra, por simple o banal que fuese, adquiría valor en sus labios.

Con todo, ella había estado a punto de delatarlo.

Se cambió de ropa y se vistió con el camisón encarnado que tanto le gustaba a él. Encendió la radio, sintonizó una emisora con música y buscó en los cajones del mueble del salón a ver qué encontraba. Decidió que haría tiempo mientras Abraham volvía. Luego hablaría con él muy en serio y le preguntaría de quién esperaba una llamada. Entre ellos debía existir confianza, pero, ante todo, debía perdonarle el desliz. Repitió esa palabra al menos un par de veces: desliz, desliz... También ella había cometido un desliz. No importaba que no lo hubiera consumado. Si fuera católica, si hubiera tenido un dios cristiano, habría dicho que pecaba de palabra y omisión, pero no de obra. Sin embargo, no se engañaba. Su desliz era el deseo, y el deseo es un vacío que nunca se colma. Si eso sucediera, si el deseo muriese, detrás vendría la muerte.

Pasaron las horas. El almuédano llamó a la oración de Isha. Josephine se sentó en el sofá con un profundo suspiro. Más que cansada, se sentía derrengada, abatida por las emociones del día. Conocía por experiencia propia la fatiga que producen los excesos del ánimo, en ocasiones tan agotadores o más que el ejercicio físico.

Sólo deseaba que Abraham llegara, rodearle el cuello con los brazos y besarlo en los labios. Le diría en silencio que su nombre era Joséphine Baker, y que no pensaba dejar de sonreír mientras permaneciera a su lado. Si quería, se pondría un collar de perlas sobre los pechos desnudos y harían el amor.

Josephine se envaró al escuchar el golpe del portón de la calle. Se oyeron los pasos en la escalera, aunque no parecían de una sola persona. El cerrojo resonó con una mezcla de risas, de murmullos, de dulces reproches. Miró al espejo. Abraham se reflejó agarrado de la mano de una mujer. La besó en los labios. «*Oui*», dijo ella. Llevaba una camiseta que le marcaba los pechos, los duros pezones. Pero esta vez Josephine no estaba dispuesta a quedarse en silencio. Se levantó del sofá, apretó los puños. Se aproximó a ellos lo suficiente como para que repararan en ella. «Llevo esperándote toda la tarde», se atrevió a decir. Abraham se detuvo frente a la puerta. Si la oyó, no habría sabido decirlo, porque su mirada pasó por encima de ella para posarse más allá. «Un momento», dijo. La rodeó y cerró la ventana. «Están asando cordero», dijo Abraham arrugando la nariz. «¿Me oyes, Abraham?» Pero Abraham no parecía oírla, buscó la mano de la mujer y se adentraron en la casa para encerrarse en la habitación.

De haber podido, Josephine se habría quedado perpleja, enredada, que era, al fin y al cabo, lo que significaba perpleja. Pero no podía, porque la decepción era mayor que la perplejidad. Verdaderamente, no conocía bien a Abraham, ni conocía hasta dónde podía llevarle el resquemor. De nuevo había ignorado su presencia tanto como si no existiera, y peor aún, como si nunca hubiera existido. El dolor que sentía era inenarrable. Intentó calmarse con la lectura. Abrió la novela por cualquier página y se sentó.

Pero, al igual que la otra vez, las risas la desconcentraban, y los suspiros, los resuellos, el quejido de los muebles, los giros del cuerpo.

Fue capaz de esperar durante horas a que volviese el silencio.

Entonces se durmió.

17

El amanecer fue súbito, sorprendente, inesperado. Fue un rezo del almuecín, el ladrido de un perro, un golpe de hierros.

Se levantó y caminó descalza hasta el espejo. Se miró. Despeinada, ojerosa, las mejillas hinchadas. Le habría gustado que el piso tuviera las paredes forradas de espejos para multiplicarse por diez, para multiplicarse por mil. No se sentiría tan sola, tan aislada del mundo. En definitiva, era una mujer repudiada. Por un hombre, por una ciudad, por el pasado. El pasado volvía demasiado despacio, tan despacio que le era imposible reconstruirlo. Aun así, no se explicaba qué fuerza era aquella que obraba en su favor, de dónde venían los recuerdos y cómo los hacía suyos. Simplemente, de forma misteriosa, brotaban en el fondo de su consciencia y ella se los apropiaba, sin preguntar por su origen, sin preguntar por su pertenencia anterior.

«A fin de cuentas –pensó–, ¿quién sería capaz de reclamar la propiedad de un recuerdo? ¿Quién no ha experimentado la sensación de que un instante de realidad es en verdad un instante de sueño? ¿No ocurre a veces que la memoria engaña y el recuerdo evocado no es más que el recuerdo de una fotografía, de un pedazo de papel en color o blanco y negro?»

Por supuesto que no iba a quedarse en silencio. Abraham tendría que escucharla. También esa mujer. No le importaba en absoluto que fuera una desconocida, y que incluso tal vez fuera su verdadera mujer. Estaba ya harta de vivir a medias, de aprovechar los despojos de las vidas ajenas, de sentir que su existencia era irrelevante. Se atusó el cabello con los dedos, se estiró el camisón y se dirigió derecha a su dormitorio. Tocó la puerta.

–Sí...

Volvió a tocar.

Escuchó los crujidos de la cama, el blando sonido de unos pies descalzos.

Abraham abrió la puerta. Josephine la empujó vigorosamente y se abalanzó al interior de la habitación.

La cama estaba vacía. No había ropa de mujer en la silla, ni en el escritorio. Por la persiana medio cerrada se veía un pedazo de cielo y una gaviota que volaba muy bajo.

Abraham la miraba desconcertado.

–¿Qué buscas?

Josephine recorrió con la vista toda la habitación. Cada mueble, cada objeto conocido, cada cuadro permanecía en el sitio que le correspondía. El olor era el olor personal de Abraham, un olor que le agradaba y que identificaría en cualquier parte allá por donde él hubiera pasado.

–Nada... –dijo.

Salió de la habitación directa hacia el baño y se encerró. Mientras tanto, Abraham preparó el café y las tostadas. Dispuso ordenadamente en un plato unos pasteles que el día anterior había traído Fatma. Luego abrió la ventana de par en par y vio que la mañana era luminosa y las calles bullían con el primer calor. Permaneció unos instantes oteando el horizonte, el picado de las gaviotas, los barcos chinos brillando a lo lejos con la luz acerada del sol. Cuando se volvió, Josephine estaba detrás. De pie, descalza, con los brazos cruzados.

–Buenos días –dijo Abraham.

Se sentaron. Abraham sirvió el café al tiempo que lanzaba fugaces miradas al rostro de Josephine.

–Has vuelto a dormir sola. En el salón... –afirmó.

Josephine se removió en el asiento. Apretó con fuerza los labios y luego los relajó.

–Sí...

Abraham asintió con la cabeza y, como hacía todos los días, en una costumbre que ya era rito, abrazó con dos dedos su reloj de pulsera, comprobó la hora y echó una mirada al teléfono que a Josephine no le pasó desapercibida.

—¿Esperas una llamada de la *Gendarmerie*?

Abraham echó atrás la cabeza, sorprendido.

—¿Cómo?

—Estás metido en un lío, ¿verdad?

Abraham apuró el café.

—Jo...

—Esperas que la *Gendarmerie* venga a detenerte, que te suban al coche y te lleven a Malabata.

—¿Cómo? ¿A Malabata? ¿A la cárcel, dices?

—Sí, Malabata.

Abraham rio sin ganas.

—Jo, la *Gendarmerie* hace muchos años que no existe.

—¿No existe?

—No.

Josephine se levantó y se estiró hacia abajo el camisón. De repente se sentía ridícula, fuera de lugar. No importaba qué argumentos esgrimiera que todos caían por la misma razón. Un tiempo del que no era consciente lo había borrado todo, lo había cubierto con una pátina opaca que le impedía contemplar la realidad. En su cabeza, poco a poco, se iba formando una idea destructiva. Si los recuerdos habían desaparecido, si ya nada era lo que parecía ser, no podía culpar únicamente a la pérdida de memoria, y mucho menos a una tormenta solar. La razón podía ser otra bien distinta: tal vez se estuviera volviendo loca.

Cuando esa palabra tomó forma en su cabeza, un estremecimiento la recorrió de arriba abajo. Sintió de pronto una abrupta debilidad. Las piernas dejaron casi de sustentarla, y tuvo que apoyar una mano en la mesa para no caer. La locura explicaba esa existencia extraña que la instalaba en un lugar sin lugar, en un tiempo sin tiempo. El olvido era precisamente el síntoma que la certificaba, un paso necesario antes de perder por completo la razón.

Loca, loca, loca...

Sin embargo, ella había visto entrar en la casa a una mujer. La había escuchado dos veces decir *oui*, rodear con sus brazos el cuello de Abraham. Sus ojos lo habían visto, sus oídos lo habían escuchado. Y todo se reflejó en el espejo, se grabó a fuego en su memoria.

Pero se resistía a preguntarle si se había acostado con otra mujer.

Si él lo negase, ¿cómo podría demostrarle que no? ¿Era suficiente con describirle su ropa, con decirle que hablaba francés? No. No podría. Necesariamente, pasaría por loca, por desbaratada, porque nada de lo que había imaginado se podía demostrar.

—Bien —reconoció—, la *Gendarmerie* no existe.

Abraham no quiso añadir nada más. Se limpió los labios y se dispuso a recoger la mesa y a lavar los platos. Josephine se sintió de pronto animada por un insólito vigor. Abrió las dos puertas del armario, descolgó la ropa de sus perchas y la echó a la cama. Abraham le preguntó desde la cocina a dónde iba, ella dijo que se daba un paseo. «¿Un paseo?» «Sí, un paseo.»

Se pintó los labios de un rojo riguroso, los frunció, amusgó los ojos frente al espejo. Vio reflejados los azulejos verdes, del mismo color que los de la casa de Maine. Su padre le había dicho que pronto se marcharía y que, al final, lo haría solo. No mencionó a Ramón, ni ella quiso preguntar. Le explicó que iría a Tánger, que era una ciudad con estatuto internacional, que trabajaría en la Legación Americana. Allí podría hacer la vida que deseaba, sin dar explicaciones, sin rendir cuentas a nadie. No hacía ni un año que el hijo había muerto. Era innegable que el padre ya había pasado su duelo. Perdió muchos kilos, se le ensombrecieron los ojos, se le arrugó la piel como se le arruga a una fruta sin recoger. Si pintaba, los colores se le confundían. Mezclaba la tierra de Siena con el rojo de cadmio, o el marrón, o el gris, colores cuyo resultado siempre mostraba un punto de sangre, colores que una vez pintados adquirían el aspecto de disparatadas sombras que habían perdido el objeto que las producía.

Se esforzó en reproducir paisajes de lago, de bosques tupidos, de cantiles horadados por la fuerza del agua.

Sin embargo, incluso en esas escenas sin personajes humanos, se entreveía una oscura violencia.

La madre, después de haberse recluido en la habitación, se levantó una mañana y le pidió el coche al marido para ir a comprar a la ciudad. Volvió con bolsas de ropa, con bolsos, con zapatos, con un collar de perlas grandes al que podría darse dos vueltas, como al de Joséphine Baker.

«Allí en Tánger podré pintar –dijo el padre, y añadió, haciendo aspavientos con un pincel en la mano–: allí pintó Delacroix, y Bertuchi, y Matisse...» Josephine se rio por dentro, no por esos sueños pueriles del padre que tan bien comprendía, sino porque a ella no la nombraba. Quedaba atrás, como la madre, como la casa, como el Dodge Coronet. «No es un anhelo –pensó Josephine–, sino dos: escapar de un lugar y conquistar otro. Quería dar rienda suelta al impulso de su deseo, y quería escapar de la cárcel que se lo impedía.»

Le habría dicho que también ella podía pedirle cuentas, acusarlo de abandonarla a su suerte. Sin embargo, sabía que la decisión del padre era definitiva. Por otra parte, era cierto que deploraba su egoísmo, pero al mismo tiempo lo comprendía. Si le hablara con el corazón, le diría que su libertad la condenaba, y le recordaría que una vez le dijo que no existía nada en el mundo que pudiera amar más que a ella.

Pero guardó silencio.

El padre hizo la maleta a escondidas. Lo justo y necesario para salir de la casa sin preguntas, como si fuera a hacer un viaje de representación diplomática. Josephine no concilió el sueño pensando en la vida que le esperaba junto con su madre. Las primeras crisis vendrían cuando diera por sentado que el marido jamás volvería. Esa noche, en su dormitorio, revivió tiempos pasados. Imaginó presencias entre las sombras, roces, texturas. Si hubiera encendido la luz, no lo habría evitado. Al fin y al cabo, todas esas presencias eran seres perpetuos que vivían dentro de su cabeza. Seres que emergían sin ser convocados, si un sortilegio o un ensalmo adecuado no lo evitaban.

Abraham se despidió desde la puerta y se marchó a trabajar. Ella se demoró unos instantes. Necesitaba ordenar ideas, decidir lo que en adelante debía hacer. Algo le rondaba por la cabeza, un «experimento», como lo llamó Abraham una vez. Pero antes de dar el primer paso era necesario pensar en el siguiente. Josephine no reclamaba venganza, no exigía castigo, lo que deseaba era hollar ese terreno prohibido, poner en él una bandera, como hace un alpinista cuando conquista una cima. Necesitaba, ante todo, demostrarse a sí misma que a ella también la guiaba el deseo, que no estaba loca, que sólo estaba perdida.

Encendió la radio, se asomó a la ventana de la cocina y pensó en ese tiempo que quizá no vería, la ciudad sin ruido, el diluido murmullo de la gente en sus casas, el silencio. Para Josephine, Tánger también era silencio, un silencio sin sonido, como todos los silencios, pero con un color indefinido y cambiante. Se apreciaba por el día junto a la playa, por la mañana temprano justo antes de salir el sol, un color cercano al azul verdoso, distinto al de la noche, blanco en los rincones oscuros de las calles de la Medina, más intenso cerca de la sinagoga de Nahón, pálido donde las calles se abren al Zoco Chico y al mar, en la Cuesta de la Playa.

A Josephine le parecía que en ello había algo de magia.

En Maine, sin embargo, el silencio tenía otro color. Era negro dentro de la casa y negro fuera de ella.

Una vez determinada a dar el paso, cerró la ventana para que las gaviotas no entraran en la casa. Cogió su bolso y, recorriendo el pasillo golpeando a conciencia el suelo con los tacones, se enfrentó al espejo. Descendió la mirada desde el sol barroco hasta la altura de sus ojos. «Sí, mamá, ya sé que estás ahí –murmuró–, ya sé que te escondes en el nitrato de plata, detrás del cristal. Siento que me miras desde ese lugar. Sé que me juzgas: el color de mis labios, la altura de mis zapatos, la sombra de mis ojos. Juzgarías mi corazón si llegaras adentro. Pero eso no puedes hacerlo. Como siempre, tendrás que conformarte con lo que ves. Soy lo que ves, mamá.»

Josephine se estiró de los bordes de la chaqueta. Se ajustó el sombrero. Descolgó el manojo de llaves de la alcayata y lo hizo sonar en el aire como un cascabel. Retiró luego la cadena de seguridad que utilizaba por las noches. Introdujo la llave en la cerradura y la giró a un lado y a otro. Abrió la puerta, cerró, y antes de guardarse las llaves las agitó con intención.

Para entonces, el apagado crujido de una puerta al abrirse descendió la escalera y llegó a sus oídos, un roce de ropas, un andar descalzo. A Josephine la estremecía el contacto limpio del pie en la tierra, la sensación de plenitud. Vuelta hacia el hueco de la escalera, le costó un tanto levantar los ojos. Tuvo que ser despacio, como si abriera una puerta de abajo arriba. Cuando miró, Mohammed estaba allí, con sus ojos profundos, negros, insólitamente vivaces.

En el borde de sus labios moldeó un saludo que se quedó enroscado. Atravesó el rellano de lado a lado como un fantasma, con la cabeza gacha, por no reparar en la mirilla de la puerta del vecino. Subió los escalones con la punta de los zapatos, hasta que llegó a su altura. Lo primero que vio fueron sus dedos agarrados a los rombos de la reja. Acercó la mano y escaló uno a uno sus fuertes nudillos, el trozo de brazo desnudo hasta la manga de su chilaba, el hombro, su cuello, el rostro, de piel tostada, de robusto mentón, de pómulos altos, de mirada anhelante. Los ruidos del puerto resonaban atrapados entre las paredes de la escalera. Josephine se sentía dentro de una máquina de bolas, un *pinball*, empujada a seguir un camino, un camino único, el camino del deseo. Le ofreció la mano. Mohammed la tomó con delicadeza, pero cuando iba a tirar de ella hacia arriba, una voz en *dariya* le advirtió de que la puerta se había quedado abierta. «Mi abuela se ha despertado», dijo él. Jo miró hacia abajo. Las paredes devolvían un ruido metálico. «Vamos abajo», dijo, y esperó a que Mohammed cerrara la puerta.

Se quitó los zapatos. Atravesaron descalzos el rellano. Esta vez, Josephine hizo lo posible por no hacer ruido con las llaves. Pasaron adentro y cerró con suavidad. Mohammed miró hacia el fondo. «No hay nadie», lo tranquilizó Josephine. Se miró en el espejo para quitarse las pinzas que aseguraban el sombrero. Desabrochó los botones de la chaqueta y de la falda mientras Mohammed se deshacía de su chilaba. «Mamá –se dijo con los ojos puestos en el espejo, un poco más abajo del sol–, aquí estoy.»

Se volvió hacia Mohammed, abrazó su torso delgado de carne dura, de huesos marcados. Se dejaron caer en el suelo, sobre el terrazo frío, sobre el revoltijo de ropa. Josephine se coló entre sus piernas y poseyó su cuerpo, agarró sus hombros desde la espalda, apoyó la mejilla en su pecho y exploró sus formas con los ojos cerrados, degustó la sal de su piel morena, su ausencia de vello, su infinita tersura.

Mohammed la abrazaba con torpeza. Todo eran esbozos, intentos, complicadas posturas. Tan cerca del espejo que dejaron el vaho de sus alientos. Josephine vio su rostro emergiendo en la bruma, mirándose fija a sí misma, arrancando el corazón del nitrato de plata. «Ya nada te debo», dijo. Se adentraron en el pasillo como dos animales, se arrimaron a las paredes, respiraron el polvo del suelo, los nidos de araña. Acabaron, empezaron, acabaron de nuevo. Sus cuerpos quedaron arrimados a las esquinas, atrapados en sus resuellos.

–Tienes que irte –dijo Jo.

Mohammed inhaló y suspiró. Luego se agarró a su cuerpo como a una madera en el agua. Al poco, alzó la cabeza y aprestó el oído. Algo dijo la abuela en su idioma. «¡Ahora voy!», respondió Mohammed en español. Se levantó con torpeza. Buscó su calzoncillo y se cubrió con la chilaba. Salió sin hacer ruido, descalzo. Josephine esperó que le hiciera algún gesto de despedida.

Él la miró como si la tocara con los ojos.

–Adiós, Mohammed.

Algo le decía a Josephine que no volvería a pasar.

18

Josephine leía cuando Abraham llegó. Apenas había pasado mucho tiempo desde que Mohammed había salido de la casa y aún notaba el calor en sus mejillas y la sensación de que todas sus articulaciones se habían desencajado y se habían vuelto a encajar. Esperaba que cualquier evidencia de lo acontecido desapareciera antes de que él llegara, pero, cuando lo escuchó entrar, se sintió como una mancha negra en el centro de un mantel blanco.

Se incorporó para que le diera un beso que no llegó siquiera a rozarla, y fue incapaz de mirar de frente cuando le preguntó si le estaba gustando la novela. «Claro», dijo en un titubeo. Luego volvió a sentarse en el sofá con las piernas estiradas y fingió un desmedido interés por su lectura. Después de acudir al cuarto de baño, Abraham le preguntó si había comido. Ella le dijo que no tenía hambre, y era cierto, porque la culpa la afligía de tal modo que no sentía apetito.

De nada le sirvió que unos momentos antes perdiera el hilo de su lectura y se devanara los sesos pensando en cómo le miraría a la cara, con qué tono le hablaría, cómo lograría que él no descubriera el desliz. Se avergonzaba de llamarlo por ese nombre, ahora que el desliz, definitivamente, ya había pasado a ser un hecho consumado.

No creía haber dejado resto alguno de su presencia. Habían hecho el amor en el suelo, como los animales. No había cama por hacer, ni una prenda de ropa que hubiese quedado olvidada.

Aun así, había fregado el suelo con lejía.

Sólo le preocupaba el espejo.

Se le ocurría que en algún lugar detrás del cristal aún persistía el reflejo, la luz, los sonidos, como la cinta de una película que se pudiera rebobinar. Era, por supuesto, un delirio más bien histérico, y así lo entendía ella. Pero la culpa tiene ese poder disuasorio: se inventa enemigos inexpugnables.

Limpió el cristal del espejo con ahínco, frotando una hoja de periódico como si pudiera extraer un resto interior.

Los ruidos de la cocina la arrancaban de la novela: el plato que Abraham colocaba en la mesa, el grifo que abría, la puerta de la nevera. Daba igual qué ruidos vinieran de la cocina que todos ellos se formulaban en su cabeza como una pregunta a su conciencia. O tal vez era Mohammed quien la arrancaba. Se le aparecía en el olor de la casa, que la lejía no lograba disimular; se le aparecía en la piel, en los músculos, en los huesos, como un latido o un pulso que la hacía vibrar, que la obligaba a cambiarse de postura, a recomenzar la frase una y otra vez. Se le aparecía en la conciencia: un cuerpo joven y deseoso, la humedad de su garganta cuando le susurraba al oído palabras en ese idioma que no entendía.

Le arrancaba también una pregunta: ¿era legítima la razón del desliz o respondía a un deseo de venganza?

Le preguntó a su padre si su amigo el actor lo acompañaba a Tánger.

Él se deshizo en explicaciones, le dijo que tenía demasiado trabajo, que lo habían contratado para una película y que no creía que pudiera moverse de Estados Unidos. Pero tanta vacilación le confirmó a Josephine que Ramón viajaría con él, que vivirían juntos allá a donde fueran.

Al día siguiente se marchó. Consigo llevó únicamente un maletín. Eso fue todo. Ella pudo verlo desde la ventana. No se había molestado en darle un beso de despedida, ni tampoco ella se atrevió a pedírselo.

Lo que ninguno de los dos sabía era que la madre también se había levantado y observaba por la otra ventana cómo su marido seguía la vía del tren hacia el apeadero. Lo supo un poco más tarde, cuando se encontró con ella en la cocina y le dijo que no le habría importado que el padre se llevara el Dodge.

–¿El Dodge? –inquirió ella.

–Es un coche demasiado grande para mí. Habrá que venderlo en algún momento.

Luego salió al jardín y cortó un manojo de flores.

Esa mañana de la marcha del padre, la madre inauguró un rito curioso: todos los días a la misma hora recogía flores en el jardín. Si no las había en casa, las cortaba en el campo, y si había helado las compraba en la ciudad. Hacía un manojo disperso, con flores cogidas de aquí y de allá. Malvas, jaras, hibiscos, romero, espliego... Las ataba con cuerda y las llevaba a la parte trasera de la casa. Allí habían enterrado al hermano muerto, con una lápida minúscula clavada en la tierra en la que se leía el nombre sin apellidos, Edward, y el día de su muerte que, y en esto Josephine se estremecía, coincidía con el día de su nacimiento. Con ese gesto, la madre asociaba la marcha del padre con el hijo muerto. Suscribía su abandono, su condición de heroína de la que en adelante habría de presumir.

Pero había algo más. Hasta entonces la madre había hecho caso omiso a la tumba. Se había olvidado de ella hasta el punto de que la hierba silvestre acabó por ocultarla. Los topillos habían excavado bajo la piedra, habían procreado y llenado el jardín de cientos de túmulos de tierra suelta. Desde ese día la madre decía en voz alta que iba a por flores, luego, que las ponía en la tumba y, tras ello, que limpiaba la lápida con lejía para blanquear las manchas oscuras que dejaban los hongos.

Así, la madre todos los días le recordaría a Josephine que su hermano había muerto porque ella rompió un espejo.

Abraham se sorprendió cuando la vio entrar por la puerta sin avisar. Lo había cogido en un pensamiento, con los dedos puestos sobre el teclado, pero sin teclear.

—Tengo que decirte algo —dijo Josephine, muy seria.

Se colocó detrás de su espalda, puso las manos sobre sus hombros y leyó en la pantalla lo que había escrito.

—Sé lo que vas a decirme —dijo él.

Josephine se echó a un lado para mirarlo a los ojos. Si había culpa, él la encontraría.

—Sé que quieres marcharte.

—No... No es eso —respondió ella, aunque en el fondo de sus pensamientos se había planteado tal posibilidad.

—¿Entonces?

—Esta mañana... Tú estabas en el trabajo... —Abraham posó las manos sobre sus piernas. Se acarició arriba y abajo—. Esta mañana vino a casa Mohammed...

—¿Mohammed?

—El hijo de los vecinos...

Josephine miró al suelo, se abrazó los costados, por no saber qué hacer con las manos.

—Nosotros...

—¿Sí...?

Después de un silencio, Abraham se volvió hacia la pantalla y comenzó a teclear.

Josephine sentía que una fuerza poderosa la unía al suelo y que, si se decidiera a dar un paso, esa misma fuerza se lo impediría.

Permaneció un instante observando el rápido movimiento de sus dedos sobre el teclado, que mostraban seguridad mientras escribía, como si en todo momento supiera qué palabra utilizar y hacia dónde debía ir. En otras circunstancias, jamás se hubiera atrevido a leer lo que escribía, pero de alguna manera, le daba la impresión de que Abraham lo deseaba. Se olvidó de sus manos y prestó atención a la pantalla. Leyó que: *Cuando él cerró la puerta sin apenas despedirse, ella sintió que algo parecido a un animal había despertado en el interior de su cuerpo. La casa le pareció sucia, y su cuerpo, y el espejo donde un momento antes se había mirado.*

La ciudad de Tánger, de pronto, era un lugar impúdico donde se concitaban las más bajas pasiones, una ciudad que, estaba segura, alguna vez debía dejar atrás.

Josephine, después de leer lo que Abraham había escrito, creyó que su cuerpo perdía su consistencia, que se filtraba por las hendiduras del suelo y se evaporaba como un charco al sol.

Se excusó con un dolor cualquiera: la cabeza, el estómago, un mareo de origen incierto provocado, tal vez, por el repentino calor del día. Le dijo con una voz floja, sin fuerza, que seguiría leyendo su novela de *Juanita Narboni* y, si luego le apetecía, ella misma prepararía algo para cenar. Lo dejó a solas en el cuarto de escritura y, para no interrumpirlo, se encerró en el salón. Abrió la ventana y se apoyó en el alféizar. Inhaló, exhaló, pero todo el aire del mundo resultaba insuficiente para disipar la turbación que le causaron las palabras de Abraham. Le parecía imposible que conociera con tanta exactitud sus sentimientos, que fuera capaz de narrarlos como si él mismo los hubiera experimentado. ¿Cómo podía saber que se sentía sucia? ¿Cómo podía saber que Mohammed se había marchado sin despedirse? Y lo que más la abrumaba: ¿hasta cuánto sabía de lo habido entre ellos?

Nada podía explicarlo a no ser que interviniera la magia, o alguna otra fuerza oscura cuya procedencia era imposible averiguar.

Respiraba con profundidad el aire del mar y pensaba que esa ciudad que la rodeaba, con la que tanto había soñado su padre, era un lugar que la juzgaba, una Sodoma, una Gomorra, en la que, en definitiva, era imposible que pudiera nacer. Sus recuerdos, poco a poco, hilvanaban su propia historia, y estaba convencida de que, cuando acabara ese trabajo ímprobo de la memoria, averiguaría qué insólito fenómeno la había hecho aparecer en una cama junto con un desconocido, y descubriría entonces cómo fue posible que Abraham penetrara en su mente hasta el fondo de sus pensamientos.

Lo peor de todo era que ya no podría mirarlo como hasta ahora. Quedaba claro que Abraham no era la persona que parecía ser. Un escalofrío le erizó la piel; el hombre con el que se acostaba no conocía sólo su cuerpo: conocía sus deseos, sus temores, sus pasiones ocultas.

Los días en Tánger corrían lentos, y su memoria se recuperaba con la paciencia de un herido de guerra. Necesitaba acelerar el tiempo, y para ello debía prever el futuro, reconstruir su memoria antes de que su vida se le presentara como un hecho consumado. Pero la memoria no podía exprimirse como un limón. Para adelantarse al futuro debía encajar las piezas, ordenarlas de modo que lo recordado cobrara sentido.

Tendió la mirada a esa ciudad dislocada que se extendía a sus pies, a esa puta traidora, a ese mundo ingrato que se negaba a desvelarle la razón de su existencia a pesar de que la había visto nacer.

Con los ojos puestos en el horizonte, exploró en el confuso remolino de sus pensamientos en busca de una forma de acceder a ese conocimiento futuro y encontró que, en efecto, existía un camino, un camino único que, si decidía tomarlo, le sería imposible abandonar.

Ese camino eran las palabras de Abraham.

Su historia estaba contada en esa novela. Sólo tenía que leerla, pasar la página, si es que estaba escrita. Conocería entonces lo que en un futuro próximo sucedería, aunque, ciertamente, no había una razón científica que avalara su teoría. Por otra parte, si lo que imaginaba era cierto, significaba que, por fuerza, todo lo acontecido con anterioridad también tenía que estar escrito.

Pero Abraham no le permitiría leer la novela sin una buena razón.

Tendría que seducirlo, decirle que deseaba leerla, que se veía reconocida en su historia y sentía además un interés literario. Sin embargo, Abraham no daría por buena ninguna razón de ese estilo, y posiblemente sólo conseguiría que ella quedara en evidencia.

Josephine se apartó de la ventana y comenzó a deambular de aquí para allá con los brazos cruzados. Cuanto más lo pensaba, más se convencía de que sólo podía acceder a la novela sin su permiso. Tendría que aprovechar su ausencia cuando fuera al trabajo o a algún otro lugar a donde no pidiera que lo acompañara.

Una repentina sensación de prisa se apoderó de ella. Abrió la nevera y comenzó a sacar platos de comida, piezas de fruta, carne congelada. En poco tiempo preparó una cena que dispuso sobre la mesa.

Cuando el almuédano llamó a la hora de Isha, tocó la puerta del cuarto de escritura y le dijo a Abraham que la cena estaba lista. Él le preguntó desde dentro si se le había pasado el mareo. Ella le dijo que sí, que había sido un mal rato. Josephine pudo notar lo impostada que había sonado su voz, y no le cupo duda de que Abraham lo había notado.

Nada podía ser igual que antes. Aunque lo miraba de hito en hito mientras comían, y lo sorprendía en esa manía suya de cerrar fortuitamente los párpados, veía a Abraham alejado. El mismo hombre con el que una vez despertó en una misma cama, el mismo cuerpo que sus manos habían acariciado tanto que podría hacer un molde de barro con los ojos cerrados, ahora le parecía que estaba lejos, que le era ajeno. Su imaginación se desbordaba por momentos. En ocasiones se enfurecía, pensaba que él también la había traicionado, porque era muy posible que desde el principio, desde esa misma mañana en la que despertaron juntos, ya sabía todo de ella. Sin embargo, nunca fue capaz de contárselo.

Había ignorado su sufrimiento y, por encima de todo, la había engañado.

Una de las veces que levantó los ojos lo sorprendió mirándola.

Josephine se sintió turbada. Se preguntó si sería capaz de saber lo que en esos momentos cruzaba por su cabeza. Ante él se sentía desnuda por dentro, hueca, sin secretos que esconder.

–¿Te gusta lo que has leído? –preguntó él.

Ella jugó con la comida en la boca.

–Sí... Muy literario...

–¿Muy literario?

–Eso me parece...

Abraham siguió jugando con el tenedor. No parecía estar muy de acuerdo con su opinión, y así se lo hizo saber a Josephine.

–Creo que tiene bastante acción.

–Sí... Tiene acción, pero también es literaria.

Abraham basculó la cabeza a un lado y frunció los labios. Había dado por zanjada la cuestión.

–Me daré una ducha antes de acostarme.

Josephine asintió. Trato de comer más rápido, metiéndose trozos más grandes de carne en la boca. Pero la comida no le pasaba por la garganta. La emoción la atenazaba, y sólo deseaba que Abraham fuera a ducharse para correr hacia el cuarto de escritura.

Pero él, como si hubiera adivinado sus intenciones, pasó la mano por delante indicando que no tenía más hambre, y dejó los cubiertos en el plato.

–Yo recogeré los platos...

–No... –interrumpió Josephine levantándose de golpe–. Los recojo yo. Ve a ducharte...

–Está bien...

Josephine encendió la radio. Tarareó tontamente una música que no conocía intentando hacer, de un momento enrarecido, un asunto cotidiano. Abraham se encerró en el baño, y cuando Josephine escuchó el agua estallando en el plato de ducha se apresuró al cuarto de escritura.

Abrió sujetando el pomo con las dos manos y miró la pantalla. Todavía podía ver el texto. La página era la 146. No quería perder el tiempo, quería, ante todo, comprobar que la historia que estaba escribiendo Abraham era su propia historia. Sin embargo, todo cuanto sabía de ordenadores provenía de la simple observación. Para ella, aquel artefacto era un trasunto de máquina de escribir conectada a una pantalla de televisión. Las teclas no hacían ruido, al contrario que su Corona n.º 3, la máquina que usaba Ernest Hemingway, la misma que su padre le regaló el día que cumplió dieciséis años. No sabía, por tanto, qué hacer más allá de mover el ratón como había visto hacer a Abraham.

Una vez que vio que el cursor respondía al ratón, desplazó el texto hasta el principio. Se mordió los labios de la emoción. Antes de leer, prestó oído y escuchó que justo en ese momento cesaba el ruido del agua.

Si Abraham la sorprendiera no tendría excusa alguna que darle. Sin embargo, consideró que era preferible correr el riesgo de ser descubierta a seguir viviendo como una persona sin pasado. Sin llegar a sentarse, se inclinó hacia la pantalla y sus ojos se le desorbitaron al leer que «Cuando Josephine Perkins despertó una mañana después de un sueño agitado, se encontró en su cama con un desconocido...».

19

Al amanecer, Josephine Perkins tenía la extraña sensación de que no era la misma persona de siempre.

La noche anterior Abraham le había pedido que se acostara a la vez que él, pero Josephine adujo que prefería acabar de leer su novela, *La vida perra*, y que, en cualquier caso, no se sentía lo bastante cansada como para coger el sueño. Leyó hasta que consideró que Abraham ya se había dormido. Sin calzarse, abandonó el salón y se acercó a la puerta del dormitorio. Desde fuera podía oírse el sonido de su respiración, lento, grave, pausado.

Se encaminó al cuarto de escritura, vio la pantalla del ordenador apagada y movió el ratón. Apareció un pequeño cartel que pedía una contraseña. Probó con «Josephine», sin suerte, luego con «Abraham», con «Josephine y Abraham». Pero la pantalla permanecía sin cambios. Luego introdujo «Tánger», y «gaviota», y «Fatma». Pero todos sus intentos resultaron fallidos.

Por un momento se desesperó. En ese rectángulo de luz que era la pantalla podría leer lo que el futuro le deparaba y, sin embargo, no le era posible acceder. Era como tener la bola de cristal sin saber cómo funcionaba. Pensó que si apagaba el ordenador y lo volvía a encender tal vez no pidiera la contraseña. Buscó el botón de apagado, lo presionó, y cuando volvió a apretar para encenderlo escuchó que Abraham se desperezaba. Para entonces, en la pantalla del ordenador aparecieron avisos de encendido. Luego sonó un pitido, y Josephine se encogió como si una maceta fuera a caer sobre su cabeza. Se preparó para salir si oía a Abraham levantarse. La pantalla se apagó, se encendió de nuevo, y en el centro apareció el mismo aviso que pedía la contraseña del ordenador.

Decepcionada, abandonó el cuarto de escritura y cerró la puerta con cuidado. Abraham salía en ese momento del dormitorio. Se encontraron en el pasillo. Se miraron. Él se restregó los ojos y entró en el baño.

Josephine se limpió las plantas de los pies y se metió en la cama. Cuando Abraham volviera la encontraría vuelta de espaldas, mirando hacia el hueco de la persiana por donde entraba el resplandor de las luces del puerto. Esperaba que él deseara dormir, aunque sabía que ella se pasaría la noche en vela. Pero cuando Abraham se acostó, arrimó el pecho a su espalda y posó una mano sobre ella, acarició sus pechos suaves y cálidos. Los masajeó. «No tengo sueño», dijo. «Tampoco yo», susurró él. Ella se mantuvo inmóvil, como un pedazo de madera arrojado por el mar a la orilla. Abraham deslizó su mano por la parte baja de su espalda, trepó su costado, descendió hasta entrar bajo su ropa. Josephine tragó saliva. Le parecía ilógico amarse en esas circunstancias, le pareció incluso disparatado. Dos traidores que se traicionaban.

No obstante, los unía un desliz.

Como si hubiera adivinado sus pensamientos, Abraham hizo amago de retirar su mano, pero Josephine se lo impidió. La retuvo sobre su sexo. Quiso notar su contacto, su fuerza de gravedad. «También los traidores pueden amarse», se dijo. Él la besó con desenfreno, y ella respondió con el mismo frenesí. Sin embargo, sus actos, sus gestos, sus aproximaciones, no eran como los de siempre. Había en ellos un algo de ofuscación, un exceso, la vaga idea de un artificio.

Cuando el amanecer le hizo abrir los ojos, Josephine no podía ser la misma persona.

Desayunaron con la radio puesta, para no verse obligados a hablar.

Abraham echó alguna que otra mirada al teléfono, pero el teléfono no sonaba, y Josephine se había aburrido de preguntar.

Ahora que sabía que Abraham conocía sus secretos, y que quizá tuviera la respuesta a su pregunta, se sentía atada. Le atraía y al mismo tiempo lo repelía. Era una sensación nueva, muy diferente de lo que hasta ese momento había sentido.

Antes de marcharse, Abraham se asomó a la ventana. «Va a hacer calor», dijo. Ella respondió que sí. En otras circunstancias se habría apoyado en su espalda. Lo habría abrazado por detrás y habrían mirado a las viejas moras con jaique, a los niños, a los gatos que arañaban con saña las bolsas de plástico.

Él no podía saberlo, pero, cuando se despidió de ella, Josephine tenía en la cabeza mil nombres preparados para escribir en el cuadro de la contraseña. Así que cuando escuchó el golpe del portón de la calle, se apresuró hacia el cuarto de escritura, se sentó cómodamente y comenzó a probar primero con palabras sencillas: minarete, mezquita, arrayán, luego probó con nombres propios: Mohammed VI, Hassan I, II, III. Se le ocurrió que tal vez fueran bares o cafés: Central, Tingis, Fuentes, París...

Se le fue el tiempo tan rápido que se olvidó de que venía Fatma. El corazón le dio un vuelco cuando escuchó el ruido de la cerradura. La saludó. Le dijo que tenía trabajo.

Probó con nombres de lugares: Fez, Marrakech, Larache, Casablanca...

La pantalla, sin embargo, permanecía inalterable. Decidió esperar a que Fatma hiciera su trabajo y se entretuvo con *Juanita Narboni*.

Fatma se marchó quejándose de la salud de su madre y salió al rellano disculpándose por no haber traído pasteles de miel.

Josephine no acertaba con la contraseña y, sintiéndose presa de una extraña situación, comenzó a darle vueltas a la cabeza. No podía vivir de esa manera, en compañía de alguien que conocía su propio futuro. Por momentos deseaba buscar a Mohammed, poseerlo de nuevo para que, cuando Abraham volviera, comprobar si averiguaba que había estado con él. Aunque tal vez no fuera como ella pensaba. Tal vez Abraham lo supiera porque Mohammed se lo había confesado. En ese caso, todos sus miedos y precauciones no eran por tanto más que meras sospechas sin base de autoridad.

Fuera como como fuese, era evidente que su tiempo en esa casa había concluido. Era mejor idea poner tierra de por medio, cambiar de aires, reconstruir su vida en otro lugar.

Al igual que hizo su padre.

Dos meses después de su partida, Josephine recibió una carta en el restaurante donde trabajaba en Maine. Tenía bordes azules y rojos, de correo aéreo. Recordaba que le temblaban las manos cuando leyó que empezaba diciéndole: «Querida Jo...». Añadía luego que en ningún momento se había olvidado de ella. Le habló de su trabajo en la Legación Americana, de un piso que había comprado en la rue de la Liberté, muy cerca del Minzah. No mencionaba a su amigo Ramón, acaso por no incurrir en una descortesía, o porque a última hora no había conseguido convencerle para que viajara con él. Tuvo que esperar al final de la carta para leer que le rogaba —ese verbo utilizó: «rogar»— que viajara a Tánger. Un escalofrío le recorrió la espina dorsal. Unía la petición de su padre a las flores que la madre arrancaba para colocar en la tumba de su hermano y sentía que su lugar ya no estaba allí, en Maine.

Habría podido vivir con ella en la mutua ignorancia. La habría incluso disculpado por ser una loca, por ver la vida torcida, por creer que su existencia respondía a un designio de Dios.

Pero, al poco de marchar el padre, su delirio se redobló. Se instruyó en el arte adivinatorio y comenzó a organizar sesiones de espiritismo a las que asistían sus convecinos. Los invitaba a mover vasos sobre un tablero, a invocar a los muertos, a predecir el futuro.

En ocasiones invocaba al hermano.

A Josephine no le habría importado que su hermano apareciera, que le pidiese cuentas con su voz sin lenguaje y le reprochara su muerte como sí lo hacía su madre. Pero no era esa la razón de sus reuniones, lo que la madre deseaba, presumía Josephine, era recordarle que la culpa la perseguía y que no habría momento ni lugar en el mundo donde librarse de ella.

Josephine le escribió a su padre una carta de vuelta. Le dijo que nunca se había sentido tan sorda y tan muda, que la casa le pesaba y que temía acabar como la madre si continuaba viviendo con ella.

Al poco, recibió la respuesta desde Tánger. En la carta se incluía un billete de barco para zarpar en el plazo de dos semanas. Él mismo la recogería en el puerto. Para Josephine fue como un claro en un cielo gris.

Preparó en secreto su maleta, la escondió bajo la cama y vivió esas dos semanas esforzándose en aparentar una imposible reconciliación. Procuraba no enfadarla, hablaba lo necesario, limpiaba, desbrozaba la tumba de su hermano cuando las hierbas cubrían la lápida. Deshizo los túmulos que habían dejado los topos. Por no levantar sospechas fue capaz incluso de participar en una de las sesiones. Se sentó a la mesa junto a los invitados. La madre invocó a su hermano.

«Edward —le decía, con una voz que sonaba trémula y agarrotada—, haz presencia.»

Josephine unió sus manos a las de sus acompañantes. Hizo lo posible por no mirar más allá de sus dedos, más allá de los espejos, más allá de la lámpara de araña, multiplicada en mil lámparas. En el reflejo veía un desorden de espaldas, de cuerpos torcidos, de cuellos doblados.

«Edward, haz presencia.»

Josephine se dijo que todo aquello era una farsa, que la madre fabulaba, que pronto estaría en Tánger y no volvería a verla. Viviría con su padre, y viviría también con Ramón. Apretó con fuerza los ojos, se prometió no abrirlos hasta que la sesión acabara. Pero el silencio y la espera tiraron de ella como un imán.

Levantó la cabeza y abrió los ojos. En los espejos, replicado en miles de imágenes, vio al hermano con el tubo umbilical todavía sangrando. Los invitados dirigían los ojos al mismo punto, de donde parecían proceder todas las imágenes.

A Josephine le temblaban las piernas, los brazos, las puntas de los dedos. Sabía que todos esperaban que hablara al hermano, que le pidiera perdón, que lamentara su muerte con sinceridad.

Tragó saliva.

Miró al niño manoteando el aire, moviendo sus pequeñas piernas como si montara en bicicleta.

Se aclaró la voz, y en tono grave y solemne dijo:

—Edward, no te vayas de aquí sin llevarte a mamá.

20

Fue un caso que no sorprendió a nadie. Muchos de los que lo conocían lo sabían, y deseaban, ya fuera por una suerte de simpatía o por simple humanidad, que, cuando llegara el día, el accidente no llegaría a tanto como la primera vez. Si acaso, unos golpes y contusiones, un arañazo, un desvanecimiento, todo lo más.

Ocurrió más o menos en el mismo lugar, en la confluencia de la rue de la Liberté con el boulevard Pasteur. Josephine se había puesto el vestido de gasa que Abraham le regaló. Pensó que el lugar indicado para quedar con él cuando saliera del trabajo era el Gran Café de París. No le importó que la gente se asombrara al verla vestida con una moda en desuso, de lo anacrónico del sombrero *cloche*, de sus zapatos altos, muy altos, que apenas cubrían sus empeines.

Se sentó junto a la cristalera, a la espera de que Abraham la viera al salir de la calle que daba al Café.

Había pasado la noche pensando, analizando punto por punto lo intrincado de su relación. La luz del puerto se colaba por la ventana, resaltaba contornos, esquinas, formas y, al llegar a los cuadros de Hopper, resbalaba en los rostros de sus personajes y los dotaba de un cierto halo de vitalidad. Se le hacía imposible aceptar que alguien supiera de su pasado más que ella misma. Descreía de fuerzas oscuras, de poderes ocultos que manejaran su vida desde un más allá, pero todo su escepticismo se desvanecía cuando recordaba el inicio de la novela y aquel fragmento leído que relataba con una exactitud sorprendente lo sucedido con Mohammed.

Su confianza entonces se tambaleaba y pensaba en la madre sentada a la mesa, el tablero, los vasos, los invitados. La imaginaba en el salón de los espejos con los ojos cerrados, invocando a su hermano, suplicando que le robara el pasado, que le cambiara el futuro.

No fue hasta que cantó el almuecín que salió de su duermevela. Desechó entonces todo aquello que había imaginado y buscó la lógica de la situación. Determinó que podía amar a Abraham, quebrarse con sus abrazos, perder el tiento de las cosas cuando la acariciaba, pero otra cosa muy diferente era vivir con la sensación de que era dueño de su vida, que podía alterarla a capricho, hacerla feliz e infeliz, apesadumbrarla, adormecerla, hundirla, elevarla; hacer, en fin, de su vida, un producto de su voluntad.

Se convenció a sí misma de que se lo explicaría punto por punto, y le pediría que dejase de escribir esa novela. Podía escribir otra, con otro argumento. Ella también había dejado de posar para pintores y había abandonado la escritura, aunque deseaba retomarla. *La mujer sin cuerpo* era una historia que merecía la pena ser contada.

Comprobó la hora en el reloj de pulsera y miró hacia la bocacalle por donde se suponía que aparecería Abraham. Muy al fondo, por detrás del bullicioso tráfico de los lunes, le pareció reconocer su camiseta con el conejo y la palabra «*asshole*» escrita en el pecho. Sintió que un grumo de saliva se formaba en su boca y corría garganta abajo como un sumidero que se vaciaba.

Los coches giraban alrededor de la fuente de la Place de France. Los neumáticos chirriaban, las bocinas sonaban en un concierto ensordecedor. Sin embargo, pudo ver que Abraham no miraba a ambos lados antes de cruzar las calles, tampoco escogió un paso de peatones con semáforo que había un poco más abajo.

Como un autómata, abordó el asfalto con resolución. Josephine lo veía de lejos pero, por su forma resuelta de andar y por su braceo, consideró en un primer momento que sabía lo que hacía. Supuso que ya había cruzado otras veces por ese mismo trozo de calle y que si lo hacía era porque tenía la certeza de que era el camino más corto.

Sin embargo, escuchó que el fragor de las bocinas se multiplicaba, algún ruido de freno, un conductor que gritaba improperios desde su ventanilla. Luego vino un golpe sordo que hizo vibrar las cucharillas y otro golpe. Se levantó y se apresuró a la puerta del Café. Se llevó una mano a los ojos para protegerse del sol. Abraham cruzaba la calle como Jesús sobre las aguas del mar de Galilea. Indiferente al peligro, a las bocinas, a los insultos de la gente. Caminaba despacio, con la vista puesta en algún punto más allá de la fuente de la Place de France.

Fue entonces cuando vio que un coche grande y viejo, un Dodge de color azul celeste, rodeaba el arriate de la fuente con tanta velocidad que se escoraba a un lado. A Josephine le pareció que la escena discurría lenta, muy lenta, casi como si ella misma la fabricara dentro de su cabeza. El Dodge azul describía su fatídica circunferencia alrededor de la fuente, y cuando llegó a la altura del cuerpo de Abraham lo embistió por las piernas de modo que su cuerpo subió al capó, rodó sobre el parabrisas, sobre el techo del coche, rebotó en el maletero, en el asfalto, siguió rodando y rodando hasta acabar a los pies de una mora vestida de jaique.

«Dios mío», clamó Josephine, llevándose las manos a los lados de la cabeza.

Toda la clientela del Café se levantó y se asomó a la puerta. «*Ya allah!*», decían con consternación.

Josephine se tapó los labios y levantó los codos. El mundo, de pronto, parecía reducirse a ese lugar preciso de la fuente de la Place de France. Sus pies se negaban al impulso de correr hacia Abraham, de comprobar si aún vivía. Desconfiaba de si aquello era un sueño, un delirio como los delirios que sufría la madre. Su cuerpo permanecía rígido, ajeno, como si ella viviera lejos, en otro cuerpo. En ese mínimo instante resumió la totalidad de su vida. Si Abraham moría, ya no habría futuro que escribir. No habría tampoco pasado porque, de alguna manera, sospechaba que Abraham era la fuente de su creación. Apretó los ojos para forzarse a llorar, pero los notó áridos, insensibles, reacios a mostrar un signo de debilidad.

«*Ya allah!*», repitió alguien a su lado.

Josephine corrió hacia el cuerpo que yacía en el asfalto. Desafió los coches, los pitos, las advertencias de la gente que levantaba los brazos para que se detuviese. Cuando llegó hasta él se agachó hasta donde pudiera oírla. «Abraham –le dijo–, estoy aquí contigo.» Josephine miraba su rostro arañado, sus ojos entornados como si hubiera quedado entre la vida y la muerte. Rodeó su cuello con un brazo, sólo quería saber si vivía. La mujer del jaique le recriminó que lo tocase. Pero Josephine no podía oír nada, sólo un eco profundo, un clamor de trémulas voces atrapadas dentro de su cabeza. La realidad se le confundía con las luces azules de la ambulancia. Cuando los camilleros lo introdujeron en la ambulancia les dijo que lo llevaran al Hospital Español. Alguien, acaso el conductor del Dodge, le dijo que el Hospital Español ya no existía, que sólo existía el edificio dorado y su jardín de palmeras, pero dentro ya no había monjas, ni médicos de urgencias, ni enfermos. Sólo había ancianos.

«¡Pero yo he estado allí!», gritó.

Josephine vio cómo la ambulancia se alejaba por el boulevard Pasteur, los edificios viejos y rectos, el perfecto rectángulo de los balcones, sus líneas blancas y puras perdiéndose en la perspectiva. Había visto esa escena en algún otro sitio. Tal vez en un cuadro. Tal vez Hopper. Tal vez en su casa de la calle Ohm. «Sí», se dijo, perdiéndose en el remolino de sus pensamientos.

Hopper... era la única palabra importante que no había escrito en la contraseña.

La gente comenzó a dispersarse. Volvieron a sus compras, a sus trabajos. En un instante Josephine se quedó sola. Los automóviles apremiaban con la bocina. Se apartó a un lado y caminó en dirección a la Cuesta de la Playa. No sabía a qué hospital habían llevado a Abraham, ni sabía a quién preguntar. De camino a casa se paró frente a la reja del Gran Teatro Cervantes. Contempló el caótico jardín de flores silvestres, los blancos dinteles descoloridos, la pintura formando escamas en la fachada. Imaginó el techo hundido sobre las butacas, sus lámparas sin cristales, los camerinos sin pared. Una gaviota aleteaba apostada en lo alto. No sabría decir cuánto tiempo permaneció frente al edificio. El tiempo tampoco importaba.

Retomó el camino de vuelta por la calle Esperanza Orellana, de fachadas tan viejas como el Gran Teatro. Sin embargo, no las miraba, no necesitaba comprobar si seguía el camino correcto. Caminaba guiada por su instinto, como una gaviota vuelve al nido en la oscuridad.

Cuando cerró la puerta le pareció escuchar que, al mismo tiempo, una puerta se abría en el piso de arriba. Imaginó que era Mohammed. En ese instante deseaba abrazarlo, hundir la nariz en su pelo negro y rizado, impregnarse de su olor personal. Se miró en el espejo y se dio cuenta de que había perdido el sombrero. Se entretuvo en recoger el cabello que se le había soltado cuando notó que alguien rozaba con suavidad la puerta.

–¿Quién?

–Yo...

Josephine cerró intencionadamente los ojos.

Abrió despacio, lo justo para que el joven entrara. Se plantó frente a ella y la miró como si el mundo hubiera desaparecido a su alrededor. Josephine intuyó que no se quedaría en ese medio camino.

–¿Estás sola?

Ella le cogió de la mano.

–Sólo quiero que te sientes a mi lado.

Caminaron hasta el sofá.

Cuando se sentaron, Josephine se fijó en el delgado perfil del rostro de Mohammed, en su barba incipiente, la prominente nuez que subía y bajaba cuando tragaba saliva. Mohammed tiró de su mano para acercarla. Hundió el rostro bajo su pelo, la besó de arriba abajo, de abajo arriba. Josephine sentía su lengua jugando entre el hombro y el cuello, el calor de su respiración, la humedad de sus labios. Deseó que ese momento fuera eterno, que se parasen los relojes, el sol, las nubes, el mar. En esos instantes sentía que su cuerpo no era suyo, que se entregaba al deseo en contra de su voluntad. Lo besó en la cabeza tal como había imaginado, atrapó su aroma, lo degustó con los ojos cerrados, y como si una descarga eléctrica la sacudiera, lo apartó con un suave empujón.

–No... –dijo.

Josephine sabía que luchaba contra su instinto. Miró al espejo por no mirarlo a él y encontró a dos seres dispares: un hombre, una mujer, una chilaba, un vestido de gasa, una piel blanca, una piel morena, un pie descalzo, un pie en un zapato de tacón.

Entre ellos había una distancia mínima, tan cerca como para no sentirse distante, tan lejos como para no llegar a tocarse.

–Abraham ha tenido un accidente.

Mohammed parpadeó. Su nuez subió y bajó a lo largo de su cuello.

–Le ha atropellado un coche. Frente al Café París.

Dejó pasar un lapso de tiempo y dijo:

–No sé si está vivo.

–¿No lo sabes?

–No... –respondió, y añadió, en un tono neutro, evitando en lo posible cualquier connotación–: Sube a tu casa, Mohammed.

El joven se levantó y extendió su chilaba mirando hacia abajo, como si sacudiera unas migas de pan.

Mientras Mohammed caminaba hacia la puerta, Josephine pensó que sentía querencia por ese sonido, por el golpe grave de sus pies en el suelo, que continuó escuchando cuando cerró la puerta, cuando subió los escalones hasta el piso de arriba, incluso cuando entró en su casa y lo imaginó echándose en el sofá y contemplando el techo. Qué mil imágenes no convocaría Mohammed en su imaginación y en cuántas estaría ella, ya fuera en la muralla de la Kashba, ya fuera en el pasillo de la casa, ya en el salón, pero siempre ella en sus brazos.

Cuando se aclaró los ojos en el lavabo, comprobó que el mundo seguía igual de confuso. Se asomó a la ventana. Pensó que tal vez Abraham nunca volviera. Sin él, acaso el pasado nunca terminara de escribirse, y lo mismo sucedería con el futuro.

Calentó café del día anterior. Se sentó a la mesa y se concentró en la imagen geométrica de los azulejos. La mano en la que se apoyaba le resbalaba sobre la frente. La vencía el cansancio, pero incluso en ese estado debía buscar a Abraham. Pensó que tendría que preguntar en todos los hospitales, y cuando se decidió a hacerlo, el teléfono sonó. Josephine lo miró con los ojos entornados.

El mismo ruido de siempre le pareció estridente escuchándolo a solas en la cocina, como una garganta gritando en su oído. Temió que esa llamada lo cambiara todo, que le diera una noticia definitiva, que le dijera que Abraham había muerto. Tuvo que levantarse ayudándose con las manos.

–¿Sí...?

Le respondió una voz masculina en francés. Ella le dijo que conocía poco el idioma, pero siguió hablando como si no hubiera oído. Creyó entender que le preguntaba por Abraham. Se quedó perpleja, porque era ella quien necesitaba saber. En cualquier caso, le dijo que Abraham debía pasarse por la consulta. Le habló de medicamentos, de dosis, de una visita médica. Le dijo también que era urgente, que no lo olvidara, y que al día siguiente volvería a llamarlo.

Cuando colgó, Josephine se sintió aliviada.

Paseó por la casa, se asomó a cada una de sus ventanas, aunque en todas ellas encontrara el mismo paisaje. Sin embargo, todo parecía distinto. El mar le sugería un foso de agua, el horizonte, una frontera inabordable; las gaviotas, aves dañinas que devoraban carroña.

Entró en el cuarto de escritura y comprobó que el ordenador estaba encendido. El cuadro de la contraseña apareció en la pantalla cuando tocó los botones.

Se recogió el vestido para sentarse y puso los dedos sobre el teclado para escribir «Hopper».

Un texto escrito en cursiva emergió cuando se iluminó la pantalla. El cursor parpadeaba al final de una línea desde la que proseguía el texto. Pensó que debería leer desde el principio, pero un extraño pudor le impedía mirar más allá de lo que se les ofrecía a sus ojos. El corazón le latía rápido y sentía en la garganta una sequedad inhabitual.

Leyó que *Josephine no podía saber en qué hospital estaba ingresado. Durante la noche, escuchó las dos llamadas a la oración, dio vueltas en la cama, contempló a la luz de la luna los cuadros de Hopper. Cuando pensaba que era posible que no volviera a verlo, las escenas se retorcían ante sus ojos, se desfiguraban, y sus personajes cobraban un aspecto fantasmagórico, como si esa luz blanquecina les insuflara la vida.*

Que recordara, nunca había dormido sola en la casa. Pensó que se habría sentido mucho más tranquila si hubieran irrumpido los ruidos del puerto, se habría dormido entonces arrullada por los golpes de grúa y el estrépito de las sirenas.

La noche se le hizo eterna. Se durmió a deshoras, cerca del amanecer, y despertó a mediodía, a punto de que llegara Fatma. Había escuchado el ruido de las llaves en el rellano, y pensó que no le apetecía ver a nadie, ni le apetecía hablar...

21

Después de despedir en el porche a los invitados, la madre volvió al salón y se sentó frente a su hija.

La cera de las velas se había consumido y creado formas animales en los soportes de plata. Josephine miró hacia esos espejos largos que hacían pensar que el salón estaba lleno de gente. Vio a la madre sentada como una esfinge, su espalda erguida contra el respaldo, y le pareció hermosa.

Más hermosa que ella.

Si lo pensaba fríamente, no recordaba que la madre se hubiera sentado alguna vez frente a ella.

Como era habitual, la madre se había recogido el pelo en un moño bajo, pintados y lucidos los ojos con abéñula, para causar impresión. Se tomaba sus sesiones de espiritismo como algo muy serio, y para ello vestía sus mejores ropas, se maquillaba, perfilaba los labios con un borde oscuro que en la penumbra dibujaba formas cuando musitaba. Terminaba con un rociado doble de pétalos de rosas, en ambos lados del cuello y en el escote.

Pero el miedo por lo acontecido en el instante final de la sesión había desdibujado sus facciones. Se la veía dispersa, extraviada, las pupilas abiertas como un gato en la oscuridad. Habló cuando estuvo segura de que todos los invitados se habían marchado, cuando el ruido de los motores se perdió a lo lejos. Acarició sus piernas con las palmas de las manos y apretó los labios, tensos como trozos de alambre.

–Quiero que te vayas –dijo.

A Josephine no le apetecía mantener una discusión a esas horas de la noche, ni tampoco dar explicaciones.

–Buenas noches... –dijo, al tiempo que se levantaba.

–Para siempre.

–¿Cómo?

–Quiero que te vayas para siempre.

Josephine pensó en el billete a Tánger y en el mar que pronto las separaría. Tan extenso, tan inacabable. Sólo quedaban dos días para ese momento. El tiempo era valioso, el tiempo sin ella. La madre por fin le abría la puerta, pero no se sentía satisfecha, no cuando el equipaje que más le pesaba lo llevaba dentro, en las noches que había pasado respirando bajo el embozo, con el miedo a los gatos, los cuervos, los venenos mortales, los paraguas abiertos. Ahora que se marchaba se preguntaba qué haría con esos monstruos que había engendrado la madre. Tal vez desaparecieran, se emborronaran, se olvidaran o se quedaran adentro, agazapados en lo recóndito, preparados para vivir en los hijos y en los hijos de sus hijos.

¿Cómo le pagaría ese mal que había hecho?

–Has sido una mala madre –dijo, y sintió un dulzor intenso en el cielo de la boca que se le bajó a la garganta.

Le hubiera gustado verla quebrarse, echarse a llorar. Hallaría al menos un resquicio de culpa. Se sentiría más satisfecha. Pero no hizo más que apretar su boca de alambre, llevarse las manos al moño y mirarse al espejo para ajustar las horquillas.

Fuera porque recordaba esas manos delgadas, segmentadas como patas de araña, fuese por ese gesto simple sobre su cabello, recordó aquel tiempo en el que la acariciaba y la dejaba apoyar la cabeza en su pecho.

–Mañana me iré –dijo.

La madre se levantó de la silla, se acercó a la mesa y dobló el tablero dos veces para guardarlo. Con la caja bajo el brazo, se encaminó a la escalera. Subió despacio, muy despacio, deslizando la mano sobre la barandilla como si acariciara una piel humana, arriba y abajo, arriba y abajo, hasta que se perdió en el rellano.

Cuando pasaron dos días, Josephine se levantó muy temprano para hacer un racimo con flores de cardo, con jara y espliego. El sol de la primavera brillaba en un cielo sin nubes. Soplaba un viento limpio y fresco. Tiró lejos el que había puesto la madre el día anterior. Se irguió a los pies de la tumba.

«Gracias, Edward», dijo en voz alta mirando a la piedra con el nombre grabado.

Entró a la casa y sacó la maleta que guardaba bajo la cama. Antes de salir, levantó la vista y no vio a nadie en el rellano. Cerró sin ruido. Salió al porche y caminó en dirección al apeadero. Mientras se alejaba, volvió la vista a la casa. La madre observaba desde la ventana, quieta como una silueta dibujada en el cristal.

–Adiós –dijo.

En un acto inconsciente, Josephine deslizó la mano por el colchón hacia la almohada. Pensó que Abraham estaría un poco más lejos, un poco más abajo, un poco más arriba. Pero su mano no encontró más que la sábana, lisa como la piel de un tambor. Se incorporó con cuidado y se quedó sentada frente a la ventana, las manos agarradas por delante de las rodillas. En otras circunstancias se habría reído de esa estampa, tan parecida a una escena de un cuadro de Hopper. Diría que incluso su estado de ánimo también coincidía; se sentía sola, melancólica, recogida sobre sí misma.

Debería estar recorriendo las calles buscando a Abraham en todos los hospitales de Tánger. Pero no conocía siquiera su nombre completo. Ni ella misma tenía la seguridad de que su propio nombre fuera Josephine Perkins. Si tuviera que confirmar su identidad, no tendría cómo hacerlo. No tenía un pasaporte, una cédula, un documento. Su nombre surgió como surge un recuerdo que se anda buscando, con un golpe en la frente.

Eso era todo.

El día de antes llamó a todos los hospitales que encontró en la guía de teléfono. Preguntó por Abraham, por un español, por un herido en un accidente en la Place de France. Pero cada hospital la remitía a otro, y este otro a otro más. Desistió cuando terminó de llamar a todos los hospitales.

Bajó los pies al suelo y caminó descalza hasta el cuarto de baño. El sonido de sus pies desnudos contra el terrazo le recordó a Mohammed. Apoyó las manos en el borde del lavabo. Se miró fijamente en el espejo. «No tengo ni eso, no tengo a Mohammed», dijo, y se sintió avergonzada de ver el juego de sus labios hablando a la nada.

Se remojó la frente y pensó que le vendría bien un café.

Habría encendido la radio, pero deseaba estar sola, y sola significaba no escuchar la voz de nadie más.

Se tomó el café sin azúcar para sufrir su amargor. Si fuera creyente, una practicante convencida, se golpearía la espalda con un flagelo. Sangraría, expiaría su culpa. Si ella no existiera, Abraham estaría ahora vivo. No habría quedado con él en el Gran Café ni lo habría atropellado aquel Dodge azul. Pero, ahora que lo pensaba, ¿por qué ese automóvil tenía que ser un Dodge? ¿Por qué de color azul?

Sintió que un estremecimiento le recorría la espalda, como si un insecto se hubiera colado bajo su camisón. ¿Pudiera ser que sus actos, su presente, su futuro inmediato estuvieran manejados desde el otro lado del mar?

El solo hecho de considerarlo le hizo regurgitar el café. Apartó la taza hacia el centro de la mesa, se mesó el cabello con las dos manos y pensó que, de una u otra manera, todos nos debemos a lo vivido, nos debemos a la historia familiar, a las consecuencias de nuestra existencia. No se existe sin dejar huellas. El presente, por tanto, se debe al pasado.

En ese caso, lo primero que debería hacer sería concluir con su historia, llegar al punto exacto en el tiempo en el que se encontró con Abraham.

Pero Abraham podía estar muerto, y si eso fuera cierto, su historia habría quedado inacabada.

Josephine se imaginó en un limbo entre la vida y la muerte, en la confusión de los tiempos, en una vida vivida a medias. Pero, entonces, ¿quién era esa niña del álbum de fotografías? ¿Era ella, Josephine Perkins, o era alguien que se le parecía? ¿Podría ser que se hubiera apropiado de unos recuerdos que no le pertenecían?

—¡Pero he tenido que salir de algún sitio! —exclamó, sin importarle que algún vecino pudiera escucharla y pensara de ella que era una loca, una excéntrica, alguien que había perdido el juicio.

—¡Mohammed, Mohammed! —repitió levantando el mentón al cielo como las gaviotas cuando se cortejan—. Tú me pondrías los pies en el suelo, tú harías que Abraham existiera, aunque no fueras más que un medio para llegar a él...

Josephine se echó al suelo, abrió los brazos y las piernas. Miró al techo, a las telas de araña que se mecían en las invisibles corrientes de aire.

—¿Es esto lo que quieres, mamá? ¿Es esto lo que quieres? Quieres que la culpa me pierda, que sea una loca. Es eso lo que quieres, ¿verdad, mamá? Quieres yo sea lo mismo que tú.

Unas llaves se agitaron en el rellano. Josephine se levantó con torpeza, trastabilló mientras se acercaba a la puerta. Escuchó el ruido áspero de la llave encajándose en las clavijas, el seguro, el resbalón. Vivió con intensidad ese momento en el que se abría la puerta y, poco a poco, asomaba el rostro serio de Fatma.

—¿Qué haces aquí? —preguntó.

De inmediato se disculpó cuando advirtió su expresión contrariada.

—Perdona... Fatma...

—¡Oh! Mi madre me ha dado unos pasteles para ti. Mira... —dijo al tiempo que abría el papel y se los mostraba—. Los dejaré en la cocina.

Josephine sintió el rubor quemándole el rostro.

Decidió que era el momento de tomar la iniciativa. Se dirigió a su habitación. Rebuscó en el armario y sacó el vestido verde que tanto le gustaba. Se retocó los labios en el espejo de la entrada mientras Fatma trabajaba en la habitación del fondo. «Verás, mamá —dijo—, cómo acabo de una vez con esta historia. Terminarás por hundirte allá donde estés, en el otro lado del mar, dentro de mi cabeza, en la casa de Maine. No importa cómo o dónde, mamá, sé que terminarás hundiéndote, hundiéndote...»

Al salir, miró al ángulo donde la verja se doblaba. Allí estaba Mohammed, vio incluso sus ojos oscuros. Le sonrió. «Te quiero, Mohammed», dijo para sí.

Bajó a la calle y tomó un taxi en el Zoco de Fuera. Dejó a un lado el Cinema Rif. Por un instante, recordó a Joséphine Baker. Esbozó una sonrisa, se miró en el espejo retrovisor. Sus labios no eran los de Joséphine Baker, a pesar de ser gruesos. «Las buenas sonrisas surgen cuando el ánimo se sobrepone al drama», pensó.

Cuando recorría la Route California recordó los viajes con su padre, el Ojo del Sol, el museo del Louvre. Tal como decía en su carta, la esperó en el puerto de Tánger. Lo acompañaba Ramón. En sus ojos, las sombras eran más sombras. Sin embargo, le pareció hermoso, tan hermoso como Marcelo. Cuando abrazó al padre pensó que alguno de los dos preguntaría por lo que había quedado atrás. ¿Todo quedó bien? ¿Fue difícil? Pero cualquier pregunta habría sido improcedente.

—Te dije que te quería más que a todas las cosas.

—Sí.

La llevaron al piso de la rue de la Liberté, muy cerca del hotel El Minzah. La vida que allí descubrió fue una vida distinta. Trabajó de modelo para los pintores que buscaban en Tánger la inspiración. Les seducía su cuerpo de curvas rotundas, sus ojos negros. Muchos le hacían propuestas impropias que al punto rechazaba no por ser virtuosa, ni rigurosa, ni mojigata. Era ella quien escogía, y si alguien se permitía la libertad de recrear su cuerpo con la mirada y llevarse a la cama las fantasías, ella imaginaba al pintor deseándola, sofocando sus impulsos en su íntima soledad, buscando otro cuerpo donde apagar el fuego.

A menudo acudía a Villa Harris, a las fiestas que organizaba Barbara Hutton. Allí conoció a Tennessee Williams, a Truman Capote, a los Bowles. Recordó que conocía a Ángel Vázquez, y se lamentó de no habérselo dicho a tiempo a Abraham, cuando aún estaba vivo.

Tan abstraída estaba durante el trayecto, que no recordaba cuánto había pagado al taxista, ni tampoco el momento en el que se apeó del taxi y se adentró en Bubana.

Conocía el camino. Lo había recorrido muchas veces desde la entrada hasta la tumba. A veces la acompañaba Ramón. Pálido, contrito, la expresión de ausencia tallada en el rostro. Algunos nichos basculaban por causa del peso y del terreno blando. Parecía que la tierra se los tragaba con su envoltorio.

Sin embargo, su tumba era una lápida solitaria tendida en el suelo. Los cardos y las aliagas la rodeaban. Apenas se distinguía su nombre: Aquí yace Maurice Perkins, pintor de irrealidades, devorado por el liquen, por el frío, por las inquinas de la gente. A lo largo del camino había arrancado unas cuantas ramas de arrayán que colocó sobre la tumba, con una piedra encima para que el viento no las arrastrara.

Sabía que alguien las cogería, las llevaría a otra tumba, y la tumba del padre quedaría de nuevo desnuda. Consolaba pensar cuán poco importaba a los muertos las pendencias de los vivos.

Se arrodilló, apoyó las manos en el borde de la piedra y le dio un beso sentido, un beso que le supo a caliza, que le raspó como arena.

–Gracias –dijo– por enseñarme el camino.

22

Llegó la mañana con la misma luz que el día anterior, los mismos colores, los mismos graznidos de las gaviotas, los cuchicheos de las mujeres, los intrincados juegos de los niños en las calles de la Medina.

Cuando el almuecín llamó a la oración, Josephine ya estaba despierta. Le daba vueltas a su pasado, y se daba cuenta de que en su reconstrucción todavía existía alguna incoherencia, como, por ejemplo, la casa. No tenía memoria de ella, pero sí recordaba que su padre vivía en la rue de la Liberté. En ese caso, ¿cómo había llegado hasta esa casa de la calle Ohm? ¿Qué relación tenía con Abraham, era acaso su casa?

En cuanto su nombre le vino a la cabeza, alargó por instinto la mano. La llevó a los pies de la cama hasta donde alcanzaba y describió una parábola hasta la almohada. En su recorrido notó un calor, una leve concavidad en el colchón. Pero allí no había nada. Probó a llevarla al borde un poco más y se tropezó con un cuerpo. Pensó que el sueño la traicionaba, que soñaba despierta. Pero cuando su mano escaló el costado y notó la tibieza de una piel abrió lentamente los ojos.

A su lado, la luz horizontal dibujaba el contorno de un cuerpo conocido vuelto de espaldas, de un volumen, de una forma casi infantil de esconder la cabeza bajo la almohada.

–Abraham... –dijo.

Su propia voz le sonó subterránea.

El cuerpo se giró hacia ella. Era, sin duda, Abraham, quien clavaba los ojos en ella, le sonreía y la besaba en la frente.

—Ya sé que has recordado toda tu vida —dijo.

Pero para Josephine era difícil aceptar que Abraham amaneciera a su lado. Sin un ruido, sin un roce que la despertara. Sobre todo, después de haber sufrido un accidente. Aun así, se confió a su sueño.

—No te he oído llegar...

—Lo sé...

Abraham se encaramó un poco más a ella. Deslizó una mano por debajo de su camisón. Le acarició los pechos, su vientre plano. Josephine se tomaba aquello como un sueño, como un delirio. Pensó incluso que la madre jugaba con ella, que movía los hilos desde el otro lado del mar.

—Jo —dijo esa voz que para Josephine era una voz anónima—, te he echado de menos.

Josephine sintió que la sangre abandonaba su cuerpo. Lo miró fijamente a los ojos, recorrió con un dedo el perfil de su mentón, sus pómulos, la frente. Por más que miraba no encontraba rastro alguno del atropello. No había cardenales, hematomas, arañazos. Ese cuerpo no podía ser el del hombre que ella vio volar sobre el techo de un coche y caer sobre el suelo. Recordaba de forma nítida la contundencia del golpe, el cuerpo desmadejado, los miembros girando en el aire. Incluso escuchó un sonido como de un árbol que se partía, que atribuyó a los huesos quebrándose con el impacto.

Josephine se incorporó y retiró por completo la sábana para examinar el resto de la piel. Recorrió el cuerpo de arriba abajo buscando una marca oscura, una piel desollada, una hendidura provocada por el asfalto. Pero, por más que miró, no encontró nada.

—Jo, estoy bien. No tengo heridas, ni marcas. Puede que sufriera una conmoción, todo lo más. Pero me encuentro perfectamente.

Josephine no podía dar crédito.

Tenía que aceptar que Abraham aparecía ileso en su cama y aceptar que no lo había oído llegar. Sin embargo, recordaba que había echado la cadena de seguridad, como hacía cada noche cuando se acostaba. Resultaba imposible desenclavar la cadena desde el otro lado de la puerta. Se sentó en el borde de la cama, de espaldas a él. Le dijo que tenía hambre, que había estado esperándolo, aunque, y esto lo dijo con aprensión, creía que ya nunca lo volvería a ver.

Abraham esbozó una sonrisa.

−¿Eso pensabas?

Josephine asintió.

Se levantó. Se cubrió con la bata y se encerró en el cuarto de baño.

Abraham se puso la camiseta. Abrió la puerta de la nevera para coger la leche y puso el café a hervir. Se asomó a la ventana y estiró los brazos a los lados. Un barco chino navegaba hacia la bocana del puerto, seguido por una hilera de delfines.

Josephine apareció en la cocina con la toalla en los hombros. De las puntas de sus mechones caían gotas de agua. Se sentó. Abraham le quitó la toalla y le enjugó el pelo desde la frente al cuello, suavemente, envolviéndolo y peinándolo con los dedos. Josephine levantaba la cabeza hacia el techo, con los ojos cerrados, y pensaba que, si la mayoría de las personas pasaban la vida deseando que los sueños se hicieran realidad, ella deseaba que la realidad se hiciera sueño.

−Está bien −dijo cuando consideró que ya era suficiente.

Abraham sirvió el café en la taza, cogió un cuchillo y sacó del cajón una bolsa con medicamentos. Extrajo una pastilla y usó un cuchillo para partirla por la mitad.

−Habías dejado de tomar medicamentos −reparó Josephine.

Abraham se encogió de hombros y echó la cabeza a un lado como para restar importancia.

−Los medicamentos no siempre son para curar −explicó−. A veces sólo sirven para que la enfermedad no vaya a peor.

Josephine observó los dedos de Abraham intentando atrapar la pastilla. Le gustaban sus manos, recias, de dedos fuertes y romos, manos que, en cualquier caso, no mostraban huella alguna del accidente, aunque fuera un rasguño, una rozadura, un simple enrojecimiento de la piel que indicara que ese cuerpo había sido golpeado.

Con un gesto rápido, Abraham se metió las pastillas en la boca, dio un sorbo al café y estiró el cuello como los pájaros.

—Dijiste que eran para los nervios...

—Sí... —afirmó él.

Josephine lo observaba y tenía la sensación de que la historia se repetía, de que de nuevo se había despertado con un hombre con el que no recordaba haberse acostado la noche anterior.

Sólo había una única diferencia: la primera vez era un desconocido.

Habían pasado varios días juntos, habían paseado por Tánger y tomado té en el Central, en el Hafa, en el Fuentes, en el Tingis, habían hablado de lo divino y de lo humano, habían hecho el amor hasta la extenuación y se habían incluso traicionado. Hasta eso habían llegado. Abraham se comportaba con la inercia de siempre. La misma forma generosa de extender la mantequilla, que luego arañaba con el cuchillo y devolvía a la lata. La misma emisora de noticias, Radio Aswat. Incluso llevaba puesta la camiseta del conejo que parecía que nunca lavaba.

Aunque había un elemento nuevo, un acto omitido, que hacía que todo fuera diferente: el teléfono no había sonado. Es más, en ningún momento Abraham le había dirigido la mirada. No había en su rostro un signo de preocupación. Más bien al contrario, parecía imbuido de una cierta euforia. Se tomó tiempo para hacerse el almuerzo. Sacó un cuchillo y el afilador.

—No sé si llegaré a tiempo para comer —dijo frunciendo el ceño como si lo atravesara un dolor pasajero—, tenemos reunión con los padres y el jefe de estudios...

—Piensas que alguien ha dicho algo de lo que te pasa, ¿verdad?

Él asintió. Josephine cerró los ojos y apretó la mandíbula cuando escuchó el roce del filo sobre el acero.

—Josephine...

—Sí...

—Me encuentro algo peor.

—¿Peor?

—Sí.

Abraham volvió a pasar el cuchillo por el afilador.

—A veces pienso que todo se emborrona. Que desaparece.

Josephine lo miró, extrañada.

—Es como si volviera a un tiempo anterior.

—¿A qué tiempo?

—No sabría decir. Lo que importa, Josephine, es que en ese tiempo tú no estás.

—¿No?

—No. Josephine... Tú también te emborronas. Te veo desaparecer. Se me emborrona tu nombre, todo el recuerdo que tengo de ti.

—¿Me ves desaparecer?

Él asintió.

—Será algo pasajero...

—Sí, será algo pasajero.

Josephine se acarició el pelo con la toalla y se excusó diciendo que iba al baño a usar el secador. El roce del cuchillo le tensaba los nervios, se le hacía imposible de soportar.

Mientras Abraham lavaba los platos del desayuno, Josephine se apresuró a la puerta de la calle y se frenó en seco cuando desde la mitad del pasillo pudo ver que la cadena estaba echada, perfectamente enclavada en su hendidura. Se envolvió la cara con la toalla y pensó si todo aquello podía formar parte de un mismo sueño.

Era imposible abrir la puerta para pasar adentro sin desenclavar la cadena o romperla. Recordaba que ya le había pasado a Fatma, había llegado antes de tiempo y tuvo ella que quitar la cadena para que pudiese entrar.

Volvió despacio sobre sus pasos. Vio a Abraham remojando la esponja en el jabón. Pensó que debería preguntarle cómo había entrado. No tendría por qué mentirle. Sin duda alguna, tenía que existir alguna explicación.

Pero no tuvo arrojo para preguntárselo. Pensó que, si lo hacía, levantaría sospechas. Sus palabras revoloteaban en su cabeza: «Te veo desaparecer». ¿Qué podía significar aquello?

Se sentó en el sofá del salón, a la luz de la ventana, con el libro de *Juanita Narboni* abierto sobre las piernas. Esperó a que Abraham terminara y lo acompañó a la puerta sólo para comprobar si hacía algún comentario cuando desenganchara la cadena de seguridad.

La quitó con soltura, como hacía todos los días. Sonrió. Le dio un beso en los labios. «Eres adorable.» «Tú también eres adorable», dijo Josephine en un titubeo. «No tardes en venir, y no pienses en el pasado.» Abraham se calló por un segundo. «No, no pensaré en el pasado.»

Josephine esperó a escuchar el golpe del portón de la calle. Luego se apresuró al cuarto de escritura y comprobó que el ordenador estaba encendido. Si lo pensaba fríamente, Abraham no podía haber tenido tiempo para encerrarse en el cuarto, era imposible que hubiera continuado su escritura, a no ser que lo escrito alterase de tal manera la realidad que fuera capaz de entrar en la casa sin extraer primero la cadena de seguridad.

En todo caso, lo sucedido tenía que estar necesariamente escrito.

Josephine se acomodó en la silla, escribió la contraseña, «Hopper», y aguardó a que se iluminara la pantalla del ordenador.

Al poco, el cursor parpadeaba a mitad del texto. Lo leyó por encima, por si lo escrito era lo mismo que había leído. Recordaba que la última página era la 166, ahora era la 180.

Cuando Abraham bajó la escalera, Josephine pensó que algo escapaba de toda lógica. No se le ocurría ninguna otra forma de entrar en la casa que no fuera por la ventana. Aún sostenía en la mano el cepillo con el que se estaba peinando. Se asomó a una ventana, luego a otra, y en la ventana de la cocina echó fuera medio cuerpo y encontró que abajo, entre los trastos de obra, había aparcado un artefacto que hacía las veces de ascensor.

Le pareció improbable que hiciera uso de ese artilugio para subir a la casa, porque significaba que pretendía pasar desapercibido.

De nuevo, se reavivaron en Josephine todas sus viejas sospechas.

Entendió que alrededor de Abraham había existido desde el principio infinidad de secretos, de dudas, de inexplicables sucesos.

Josephine se dio cuenta de que, como siempre, era ella en quien parecía recaer la razón del problema. Cuando tuvo la necesidad de identificarse acudió a la Legación Americana para pedir información. Buscó visados, pasaportes, papeles timbrados, cualquier documento que diera fe de ella. No pensó nunca en que podía haber hecho lo contrario, podía haberse preguntado por la identidad de Abraham.

Sin embargo, sentía pudor.

Si investigara su vida, sería muy probable que se sintiera incapaz de esconderlo. Le costaría mirarle a los ojos, hablarle sin impostura, acariciarle sin sentir escozor.

Pero ella se había tomado su tiempo en reconstruir su pasado, y no podía ahora dejar todo a medias, cuando poco a poco la verdad empezaba a aflorar.

Josephine enumeró todos los misterios que habían surgido desde que conoció a Abraham: por qué no preguntaba quién era ella, qué hacía en la casa, cómo había sobrevivido a un accidente tan violento, como había entrado en la casa con la cadena echada y, lo más inquietante de todo, esa última frase, que sonaba definitiva: «Te veo desaparecer». Si recapitulaba, las preguntas se multiplicaban, se enrevesaban, se confundían de tal modo que Josephine pensaba sinceramente que era imposible del todo vivir con tanto misterio. No tenía sentido reconstruir su pasado si consideraba una farsa la realidad en la que vivía.

Frente al Hospital Español se ubicaba el consulado, lo único que necesitaba era un taxi...

23

Aun así, a veces los recuerdos le rechinaban, divergían, se mezclaban unos con otros de modo que perdían el inicio, la duración, el lugar exacto donde se produjeron.

De camino al consulado recordó los azulejos de la Fuente de las Ranas, en dirección del Zoco de los Bueyes. Conoció allí a un niño llamado Mohammed, el mismo nombre y el mismo aspecto que su vecino: delgado, hermoso. Sus movimientos y su cuerpo denotaban la prestancia de los nacidos en las montañas del Rif. Se atrevería a decir que incluso, salvando el tiempo, los dibujos de su chilaba eran los mismos que los de su vecino, con los mismos colores y la misma disposición. En aquel momento contaría, estimó Josephine, los dieciséis años. No era posible, por tanto, que ese recuerdo fuera verdadero si justo en aquel tiempo vivía en Maine, en su casa con buhardilla, y con toda seguridad a esa edad ya había visto el Ojo del Sol, el museo del Louvre y la estatua de Marcelo.

¿Cómo era posible, por tanto, que ese recuerdo de la Fuente de las Ranas se fundiera con otro con el que la coincidencia resultaba imposible?

Caminaba acuciada por todos esos misterios y le parecía que las calles se disponían de modo que la abocaban a conocer la verdad. Pretendía estar de nuevo en casa antes de que Abraham volviera del trabajo. Le extrañó que hubiera ido, después de sufrir un accidente de tráfico, pero había preferido ignorarlo, como había hecho con otras muchas preguntas que no tenían respuesta.

Cuando pasó por delante del Teatro Cervantes, lo que en un principio era un firme propósito se tornó en una clara sensación de deslealtad. Después de haber compartido tanto en tan poco tiempo, le pesaba la duda. Añoraba su boca, sus manos, la forma de hablarle, que la hacía sentir importante, el tic de sus ojos cuando lo acuciaban los nervios.

Con todo, cuanto más pensaba en esa frase que le había dicho en la cocina, más se convencía de que le sonaba a sentencia. ¿Significaría, tal vez, que acabaría con ella? ¿Tendría algo que ver con los nervios de los que se quejaba, con la medicación? Si todo lo que le estaba sucediendo se debía a los efectos de una tormenta solar, sus consecuencias no eran, desde luego, nada desdeñables.

El solo hecho de concebir a Abraham como un asesino la avergonzaba. Notaba el rubor en la cara, los dedos cerrándose en puños mostrando su rechazo a tal posibilidad. Era cierto que no se conocían. ¿Se conocen dos personas por hacer el amor? «No», se respondió a sí misma. Pero eso no lo convertía en un asesino.

Divagaba Josephine de un extremo a otro mientras caminaba y se transfiguraba en Juanita Narboni aproximándose al final de su historia, lamentándose de una vida que se vaciaba al tiempo que se hundía la ciudad de Tánger. Al igual que ella, imaginaba muerta a la madre y, sin embargo, aún poderosa en las sombras. Incluso la veía vestida de la misma manera que ella: traje verde y chaqueta, sombrero *cloche*, bolso a juego, medias y zapatos de tacón. No sabía, en su caso, si su madre había muerto, si languidecía en Maine consumida por la soledad, o quizá vivía feliz viéndose multiplicada mil veces en los espejos. A ella no le gustaba Mohammed. Decía de él que no era amigo de fiar, que, por sus modales, por sus conversaciones, por su forma torva de mirarla, como si pudiera ver a través de la ropa, estaba segura de que era un invertido, un hombre que gustaba de hombres. Le prohibió acercarse a la Fuente de las Ranas, y a la parte de la Medina donde, al parecer, vivía cuidando de su abuela.

Josephine se alarmó. La acusó de lunática, de hipócrita, de vivir la vida sin disfrutarla.

Josephine, por esquivar la prohibición, comenzó a frecuentar las tumbas fenicias que miraban al mar, muy cerca del café Hafa. Fue allí donde aprendió a fumar kif. Le enseñó Mohammed. Ella le hablaba de su madre, de sus manías, de que había expulsado al padre de casa. Él le hablaba de un padre que le pegaba, que le hacía dormir en la calle cuando el frío arreciaba, que había matado a su hermano en un día de cólera. Josephine desconfió. Pensó que era un intento de cautivarla. Pero visitaron la tumba. Pequeña, diminuta, perdida entre las matas de aliaga.

Aun tan joven, se convencía Josephine de que nunca en su vida podría encontrar a un ser como Mohammed. Su amistad iba más allá de compartir el tiempo, de intercambiar confidencias. Veían el mundo por un mismo agujero.

Josephine había dejado atrás la Avenue de Belgique, y ya cruzaba por delante de la mezquita de Mohammed V cuando su determinación comenzó a flaquear. Se imaginó en el consulado frente al funcionario, intentando convencerle del sospechoso comportamiento de Abraham. Calculó que debía expresarse con vehemencia, sin titubeos, decir que convivía con un hombre que podía ser peligroso, que, si no tomaban medidas, más tarde o más temprano sobrevendría una tragedia.

Mohammed buscaba las tumbas fenicias que se ajustaban a su tamaño. Se metía dentro, se hacía el muerto con los ojos cerrados y los brazos cruzados sobre el pecho, como un egipcio. A Josephine la divertía y, en su intimidad, aprovechaba esos momentos en los que Mohammed cerraba los ojos para observar su rostro, su fuerte mentón, el bello encaje de sus mandíbulas. Él se reía cuando abría los ojos y la sorprendía observándolo con tanta atención. A veces la cogía de la mano, la arrastraba y sorteaba los tortuosos caminos de las afueras de la Medina. Corrían hasta perder el resuello. En una ocasión, en el jardín de la Mendubía, miró Mohammed en derredor para asegurarse de que no había nadie más que ellos. Le llevó una mano a los labios y le besó uno a uno los dedos.

De aquel momento, Josephine recordaba el dulce olor de su aliento y el ruido de las hojas de un eucalipto al golpearlas la lluvia.

Cuando llegó al consulado, frente al Hospital Español, preguntó con quién podría hablar acerca de un asunto escabroso. El empleado torció el gesto y le dijo que buscaría a alguien. Pero cuando ese alguien le preguntó, Josephine se quedó paralizada. Las palabras se le agolparon en la boca. Lo intentó varias veces, y en todas ellas le fue imposible hablar.

El empleado perdió la paciencia. «No estamos para esto», dijo. Ella se disculpó.

Retomó el camino de vuelta con la cabeza hecha un lío. Le había sido imposible delatar a Abraham. Cada vez que lo intentaba lo imaginaba mirándola con su sutil parpadeo, por esa manía suya de cerrar los ojos como si lo asustara un estrépito.

Por otra parte, sus recuerdos la confundían. Ahora que pensaba que por fin la historia de su vida se había cerrado, emergían como de la nada esas visiones de la Fuente de las Ranas, de las tumbas fenicias, de ese joven, Mohammed, que coincidía sospechosamente con su vecino. Pareciera de nuevo que la madre concitara aquellos recuerdos para enloquecerla. Por más que lo pensara, resultaba imposible la coherencia entre esos momentos vividos en Tánger y los vividos en Maine. No podía estar en dos sitios a la vez, y eso significaba que uno de los dos recuerdos tenía que ser falso a la fuerza.

Si su sospecha era cierta, ¿cuál de los dos era el que no había vivido? ¿Pudiera ser que viviera los dos sin saberlo, desdoblada en dos personas que vivían a la par?

Tal vez lo que ocurría era que, definitivamente, se estaba volviendo loca.

Sin embargo, pondría la mano en el fuego por esos recuerdos que brotaban como de la nada, por la verdad de aquellos momentos en los que la madre la hacía sufrir. Era imposible olvidarlo. Si la memoria tuviera una forma física, la suya sería una mella en la superficie de su cerebro, el sinuoso dibujo de una curva, una herida que jamás podría restañar.

La madre le insistía en que dejara al rifeño, que su amistad no era limpia, que, si no hubiera más remedio, buscaría a los padres para ponerlos al corriente de la situación. Josephine se horrorizó. Le dijo que eso no podía hacerlo, que tenía dieciséis años, que si lo hacía, si les decía tal cosa a los padres, lo apalearían, le arrancarían la ropa a jirones, lo tirarían a la calle como a los perros.

Josephine notaba el sudor condensándose en su frente y sus manos. Se sentía tensa, nerviosa. Temía encontrarse con Abraham en la casa, que la mirara fijamente a los ojos y averiguara lo que había estado a punto de hacer. Sólo imaginarlo la estremecía. Se frotó las manos sobre la falda y buscó un pañuelo para enjugarse la frente. Era muy importante que Abraham no la notara azorada.

Pensó que si lo encontraba en casa le daría un beso en los labios. Le preguntaría por el trabajo, si había tenido una crisis, si se habían asustado los niños. Le preguntaría también por la reunión con los padres. De alguna manera, con la intención de disipar ese aire enrarecido que se había interpuesto entre ellos, le diría que lo sucedido con aquella mujer ya estaba olvidado. Tal vez incluso le confesaría que había hecho el amor con Mohammed. Él la comprendería.

Al fin y al cabo, los dos habían cometido el mismo pecado.

Pero cuando llegó, descubrió que Abraham no estaba en casa.

Sin pasar adentro, se tomó su tiempo en quitarse las horquillas frente al espejo. «Sabes, mamá –dijo–, que algún día desaparecerás para siempre. Dejarás de esconderte detrás de la plata, dejarás de ser recordada.»

Se desnudó en el pasillo y caminó descalza hasta el cuarto de baño. Dejó que el agua la atravesara, que el frío del inicio le erizara la piel. Miró hacia arriba, a las hojas del árbol que temblaban bajo la lluvia. Le gustaba que el agua restallase en sus ojos, que resbalase por el eje de su columna.

–Vámonos lejos –dijo Mohammed.

A ella se le sacudió el cuerpo al escuchar una proposición con la que tantas veces había soñado. Deseaba marcharse con él, dejar atrás el pasado, escaparse, sí, sin importar a dónde. Quería escaparse de una mano de hierro, de una sombra que en la oscuridad era sombra.

–¿Adónde podríamos ir?

–Podríamos cruzar el Estrecho.

–¿El Estrecho?

Le gustaba el significado ambiguo de esa palabra, que en la corta distancia que sugería encerraba, sin embargo, un pedazo de mar.

Allí nunca los encontrarían, la *Gendarmerie* no se interesaría por nadie que hubiera salido de la ciudad para marcharse tan lejos. Su diálogo fue un diálogo sin miradas. Una tumba junto a otra tumba. Detrás estaba el mar. Sus voces se oían cavernosas, hablaban como los fenicios, y creían sinceramente que nadie los podía escuchar.

Sin embargo, en Tánger no hay eco que no alcance un oído.

24

Cuando la madre lo supo, la trató de invertida, al igual que había hecho con Mohammed.

Le dijo que la llevaría a un médico para que le aplicaran corrientes. «¿Corrientes?» «Sí, las corrientes te devolverán la sensatez.» Ella le contestó que no iría a ningún sitio, y que era libre de desear a quien quisiera. «Cortaré por lo sano», replicó la madre. Josephine se estremeció.

Muchas veces la sorprendió atrayendo a los gatos. Les ofrecía comida con estricnina y les acariciaba el lomo mientras esperaba a que hiciera efecto. Cuando ese momento llegaba, disfrutaba contemplando la muerte lenta, las convulsiones, la espuma que la saliva formaba en la boca. Josephine se horrorizaba. La acusaba de loca, de perturbada. A la madre, sus acusaciones no la afectaban. «Matar a los gatos es como expiar un pecado», se justificaba.

Desde el día anterior, Josephine sentía que sus músculos perdían firmeza. Se notaba cansada, rendida. Se miraba al espejo y le parecía que su piel se volvía translúcida, que a través de ella veía las venas bombeando la sangre. «Tal vez esté desapareciendo», se dijo, cuando recordó la frase de Abraham. Era imposible olvidarse. Una y otra vez se le repetía, y se figuraba que él sacaba un cuchillo de debajo de la almohada y acababa con ella.

Después de la ducha, Josephine bebió un té con hierbabuena, un vaso de agua, otro té. Se sentía borracha, desbordada por esa confusión de recuerdos que se entrecruzaban. No entendía qué había podido fallar en la reconstrucción del pasado.

Releyó en el salón las últimas páginas de *Juanita Narboni* mientras esperaba a Abraham. La brisa salina impregnaba la casa y le hacía pensar en ese trozo de mar que hubiera cruzado con Mohammed. No lograba recordar si llegó a tiempo para tomar el barco, si Mohammed embarcó con ella y, si ese fue el caso, ¿por qué ahora vivía en Tánger y no en otro lugar?

Por más que lo intentaba, no lograba agarrarse al hilo de ese recuerdo. Si casualmente lo retomaba, le resultaba imposible enlazarlo con la vida de antes y con la de después. Volvía a perderlo. Dedujo que entre un punto y otro existía un lapso de tiempo, un espacio vacío sin coincidencia.

Josephine había asegurado la cadena de la cerradura. El plan consistía en esperar a que Abraham llegara para comprobar si entraba sin necesidad de ayuda. Su atención viajaba de Juanita a los cuadros de Hopper, de los cuadros de Hopper a la cerradura, y de nuevo volvía a la novela y pensaba que esa mujer ficticia era tan real como ella misma, porque sus historias llegaban a un punto en el que las dos convergían.

El almuecín llamó a la oración a la hora del Magrib, y llamó a la hora de Isha.

Abraham, sin embargo, no aparecía.

A veces, el ánimo se le abatía, y pensaba que debería olvidarse de todo, del tiempo en el que vivía y, sobre todo, del tiempo en el que vivió. Debería recuperar la ropa comprada en la *boutique* del boulevard Pasteur: los vaqueros, la camiseta, las zapatillas, aprender a manejar el ordenador, dominarlo como dominaba la máquina de escribir de Hemingway. Leería los periódicos y se enteraría de lo que sucedía en el mundo, olvidaría por completo el pasado para empezar otra vez.

Con todo, sabía Josephine que sus cambios de rumbo no eran más que fútiles divagaciones, burdos intentos de eludir el hecho innegable de que el pasado nos escribe con tinta indeleble, y nada, ni siquiera el presente, puede cambiarlo.

La noche acarició los cristales y rodeó la casa de un negro muro. El silencio, roto por una riña de gatos, sembró en Josephine la sospecha de que Abraham había averiguado algo. Tal vez el funcionario del consulado le hubiera advertido de su visita, pero descartó esa posibilidad cuando pensó que era improbable que el funcionario lo conociera. Luego cayó en la cuenta de que para averiguarlo sólo tenía que entrar en el cuarto de escritura, encender el ordenador y escribir la contraseña. Sabría entonces si estaba en lo cierto, e incluso tal vez se anticipara al siguiente paso.

Cada vez que sonaban los cables del ascensor, Josephine se enderezaba y contaba los pisos por los que pasaba. Primero, segundo, tercero, cuarto, sexto, primero, segundo, tercero, cuarto, sexto... Nunca se paraba en el quinto. Cuando comenzaba a dar por hecho que Abraham no llegaría, se levantó, abrió la puerta del cuarto y encendió el ordenador. Entonces sonaron de nuevo los cables: primero, segundo, tercero, cuarto, quinto. Corrió al sofá y abrió la novela por cualquier parte.

Escuchó el cascabeleo de las llaves, el roce en la cerradura y el golpe seco de la cadena al tensarse.

–¡Jo...!

Josephine enmudeció.

–¡Jo, está cerrado!

Empujó varias veces, y cada vez que lo hacía la puerta se sacudía. Alguna que otra vez metía los dedos, pero le era imposible alcanzar el enganche.

–Espera un momento... –contestó Josephine empujando la puerta para sacar la cadena.

Cuando Abraham entró la miró sorprendido. Ella le dio un beso rápido en un lado de la boca. «Oí voces en el rellano», explicó. «¿Voces?» «Sí, se me olvidó quitarla», se disculpó.

Abraham la miró de arriba abajo, se fijó en su camisón encarnado y en sus pies descalzos. «¿No llevas zapatillas?» Josephine sonrió y negó con la cabeza. Se sentía incómoda, sin saber qué hacer con las manos. Él preguntó si había cenado. A Josephine se le ocurrió que, si todo lo que sucedía estaba escrito en su novela, era lógico pensar que él ya lo sabía. Con todo, le dijo que no, pero que si le apetecía podía vestirse y tomaban un helado en La Española.

Dijo Abraham que no le apetecía salir, que prefería tomar una ducha y hablar. «¿Hablar?» «Sí, tenemos que hablar». Josephine entreveía en su rostro una sombra de preocupación. Lo acompañó y se sentó en la tapa del váter. Josephine quería mirarlo de cerca, a la luz blanca del baño. Se quitó las zapatillas sin desatarlas. Su pecho poblado de vello asomó al deshacerse de la camiseta. Luego se bajó los pantalones, los calzoncillos. En su piel no había una sombra oscura, el morado de un golpe, una rozadura. Él le sonrió cuando se metió en la ducha y se encogió al lloverle el agua fría.

Josephine sintió vergüenza al recordar cuánto había dudado de él. Recordó de nuevo esa frase: «Te veo desaparecer». Tal vez sólo significaba que temía perderla, que deseaba tenerla a su lado, que incluso la amaba.

El agua resbalaba por su cuerpo deteniéndose en su pecho, en su pubis, en la parte baja de su espalda. Josephine se soltó el pelo y se deshizo del camisón. Franqueó el borde alto de la ducha y lo abrazó. Durante unos segundos permanecieron en silencio. Josephine pensó que veían el mundo por un mismo agujero.

Abraham vertió jabón sobre su espalda, la acarició. Josephine cerró los ojos y se dejó hacer. «Ya podría matarla mil veces si la mataba de esa manera», pensó. El mundo entero se reducía a ese trozo rectangular de porcelana, a esa lluvia que caía de hoja en hoja y les cerraba los ojos. Olía al jabón negro que Abraham compraba en el *hammam*, con olor de eucalipto. Sus piernas cedieron a la fuerza de sus abrazos. La piel resbaló por las paredes de azulejo, por la bañera, hasta caer al fondo. En los oídos retumbaban los ruidos de la ciudad que se colaban por el sumidero.

Se besaban los labios, los ojos, el trozo de cuello entre la nuca y el hombro.

Abraham cerró los grifos y dijo que mejor fueran a la cama.

Josephine pensó en el cuchillo bajo la almohada.

De pronto, se sintió fría. Se secó la piel erizada y se dejó llevar cuando Abraham la cogió de la mano.

De nuevo la frase se formó en su cabeza con todas sus palabras: «Tú vas a desaparecer».

La ventana se había quedado abierta, y se escuchaba el estrepitoso graznido de las gaviotas escaramuzando en el aire. Declinaba la tarde. El sol tendía una bruma sobre Zahara de los Atunes. La cama arañó el suelo cuando cayeron en ella.

Tendida sobre él, Josephine inhaló el aroma de su pelo mojado, de su piel fresca, de la sábana humedecida con el agua de la ducha. A tan sólo unos centímetros más abajo, por debajo de la almohada, debía de haber un cuchillo. Sin embargo, Josephine sentía el placer de vivir como pocas veces lo había sentido. Su espalda se arqueaba en ángulos imposibles, se arqueaba su cuello, su cuerpo se sacudía como la cubierta de un barco.

Sí, Mohammed había embarcado con ella. Lo sabía porque aquel barco de pequeña eslora, el *Ibn Batouta*, se zarandeaba con el empuje de las olas en sus costados. Josephine miraba a lo lejos. Una bandada de delfines los perseguía.

–Nos siguen los delfines, Mohammed –dijo con muy poca emoción.

Imaginaba a la madre tramando en las sombras, enojada por haberse escapado con un invertido. Miraba hacia atrás, al puerto de Tánger, al minarete de la Gran Mezquita, y medía a voleo la distancia entre el puerto y el *Ibn Batouta*.

Mohammed había posado su mano sobre la de ella, en la barandilla. Miraron juntos los delfines. Sabía él de su temor, sabía él de cicatrices, sabía que el pasado ya estaba escrito.

–Jo –dijo–, no son más que delfines.

De pronto, algo voló por delante de sus narices, una sombra azulada, casi transparente, que sorteaba la borda y caía a cubierta.

–Mira –dijo Mohammed–, son peces voladores. Huyen de los delfines.

A Josephine le fascinaron esos ojos oscuros, que tanto veían bajo el agua como en el aire. Tomó uno en sus manos, acarició la membrana de sus alas, la sutileza extrema de su estructura.

—Abraham...

Abraham jugaba bajo su peso, incrustaba su rostro entre sus pechos.

—Abraham, mi vida... Siento que a mi pasado le falta algo.

Josephine dijo esa frase y cayeron juntos por un largo abismo. Un abismo oscuro, como todos los abismos donde no existe un fondo. Un aire frío que erizaba la piel, un sonido como de eco. Cuando tocaron el suelo se quedaron inmóviles, suspendidos, pétreos. Esperaron a que el tiempo les devolviera el resuello.

Por un momento, Josephine temió que aprovechara ese instante de abandono para meter la mano bajo la almohada y sacar el cuchillo.

—Te falta saber qué pasó con Mohammed.

Josephine se estremeció. Sintió un frío repentino y tuvo que cubrirse con la sábana.

De fuera llegaba el zarandeo de las gaviotas, sus estridentes graznidos, a veces turbios, a veces afilados. Siempre ocurría cuando entraban en celo, el instinto las enajenaba.

—¿Cómo lo sabes?

—Jo... Tú eres todo lo que a mí me falta.

Los ojos de Josephine se quedaron prendidos al cuadro de Hopper, a ese cuadro que marcaba un compás de espera, con un papel en la alfombra y una ventana cubierta iluminada con luz opaca.

—No sé qué significa eso, Abraham...

—Josephine, no puedo mirarte sin dejar de pensar que te estoy perdiendo desde el primer día en que te vi. Nunca has dejado de desaparecer. Todo este tiempo he tenido la ilusión de que vivieras para siempre, de escucharte trasteando en la cocina, buscando una emisora en la que cante Jean Sablon.

Josephine se agarraba a la sábana como si temiera caerse. Recorría con la mirada los objetos de la habitación y le parecía que de todos los colores de *Habitación de hotel*, el más hermoso era el verde del suelo.

—Yo estuve en la Fuente de las Ranas con Mohammed, y estuve en las tumbas fenicias, junto al café Hafa. Observaba a Mohammed cuando cerraba los ojos, porque yo lo amaba más que a nada en el mundo. Cuando levantaba la vista, más allá, al otro lado del estrecho, se veía Zahara de los Atunes. Era allí a donde deseábamos ir.

Sin duda, Abraham había abierto por fin su corazón. Si quería matarla, sería ahora el momento para disuadirlo. Josephine tenía que aprovechar la situación.

—Abraham, todo se me hace difícil de entender. Mis recuerdos no coinciden. No puedo estar en sitios diferentes a la misma vez. Recuerdo que he vivido en Estados Unidos, en una casa parecida a esa —dijo señalando a la casa junto a la vía del tren—. Es más, diría incluso que aquella era la casa, la misma casa donde viví con mis padres hasta que mi padre se marchó con Ramón. No podía estar viviendo en Maine y a la misma vez en Tánger. ¿Lo entiendes?

Abraham deslizó la mano por debajo de su almohada, justo hasta donde la presión de su cabeza, apoyada de lado, le impedía seguir.

—Jo, mi madre me culpaba de la muerte de mi hermana. Tu madre te culpaba de la muerte de tu hermano. ¿No es así, Jo? ¿Crees que todo es una casualidad? ¿Cómo crees que nos hemos encontrado? ¿No ves que algo mayor, una fuerza sin nombre, un poder extraño, nos ha inventado?

Josephine empezaba a impacientarse. Se incorporó hasta quedar sentada con la espalda en el cabecero de la cama. Frente a ella, la habitación vacía del cuadro de Hopper.

—Josephine —siguió diciendo Abraham, y su mano trepó por el costado de ella hasta rodear su cuello—, yo nunca pude escapar de mi madre hasta que murió. Me decía que mi nombre era equivocado, que mi verdadero nombre era Caín.

—¿Caín...?

—La cuidé hasta el final, Jo. Está enterrada en Bubana. Pero yo no le pongo arrayán. No le rezo. No la visito. Para mí esa tumba es un lugar infame, un lugar en el mundo que no puedo borrar. Si pudiera, la haría desaparecer. Pero no puedo. A veces, Josephine, uno piensa que es mejor no matar a los monstruos, que es preferible dejarlos vivir, porque si los matas pueden venir otros que son aún peores. Es mejor acostumbrarse, engañar a la mente con las medicinas, matar al deseo. Porque es eso lo que nos mueve, Josephine, el deseo.

—Entonces, ¿qué soy yo, Abraham? ¿Soy una ilusión provocada por tus medicinas?

Josephine se sintió de pronto como ante el espejo. Le pareció ver que su piel desaparecía, que los tendones emergían sobre la carne y todo su cuerpo se pintaba de un rojo intenso, del color de la carne.

—Josephine, tú naciste poco a poco. Te formaste cada noche y cada mañana. Naciste de mis adentros cuando comencé a abandonar la medicación. Lo hice contra la decisión del médico. Los médicos no saben que su terapia consiste en matar un deseo.

—Pero —dijo Josephine en un titubeo—, entonces yo soy algo ficticio. No existo. Por eso no tengo pasado. Existo sólo para tu placer.

Se llevó las manos a la cara. Se cubrió los ojos. Los gritos de los pájaros la horrorizaban. Nunca hasta entonces los sonidos del puerto le habían parecido tan espantosos, ni el aroma del mar tan acre. Le gustaría salir de la cama, precipitarse al armario, vestirse rápido y abalanzarse a la calle. Subiría al piso de arriba, tocaría la puerta de Mohammed, y le rogaría que la acompañara a cualquier parte del mundo.

—Josephine, tú eres lo que yo no pude ser.

—No te entiendo...

—Tú eres mi deseo. Eres la persona que mi madre habría aprobado. Eres, sobre todo, una mujer. Esa es la razón de tu otro pasado, Josephine. Ese pasado ficticio que creíste vivir. Nunca estuviste en Maine, Josephine, ni viste el Ojo del Sol, ni a Marcelo. Pero tuviste a mi padre, y tuviste a mi madre, esa madre que está enterrada en Bubana y a la que no quiero visitar. ¿Entiendes, Josephine?

Josephine asintió.

—Mi madre no aprobaba mi amistad con Mohammed. No sabía de mis deseos y, si lo sabía, no me permitía tenerlos. ¿Crees, Jo, que los deseos se escogen? ¿No te das cuenta de que no existe un lugar en la cabeza o en el corazón de donde se pueda extirpar un deseo? Un deseo, Josephine, no es algo que se escoge, y su magia consiste en que nunca puede ser colmado. Incluso tú, Josephine, deseo mío hecho realidad, no puedes colmarme. Desapareces. Desapareces aniquilada por la medicación, la misma medicación que yo abandoné para crearte. Por eso te he escrito. He hecho algo imposible, he escrito tu pasado desde el presente.

Josephine se miró las palmas de las manos, apoyadas sobre la sábana y abiertas hacia ella.

—Entonces nunca te visitó una mujer, y nunca tuviste un accidente.

—No, Josephine —contestó Abraham con indulgencia—. Siempre estuve solo. Incluso estando contigo estuve solo, Josephine. No te lo tomes a mal, pero te he imaginado tanto, has cumplido tanto con mi deseo, que yo he sido tú. He sido tú incluso cuando leías la novela y yo te dejaba. Cuando te resistías a leer lo anterior, a pesar de que podías hacerlo, yo me sentía orgulloso, porque tu orgullo era mi propio orgullo, y ese pudor me hacía sentir bien.

Josephine examinó las rayas de sus manos como si intentara adivinar el futuro.

—Entonces, tú amabas a Mohammed.

Abraham agachó la cabeza.

—No podía existir nada en el mundo que pudiera amar más que a Mohammed.

Josephine se quedó pensativa.

—Y ella lo mató...

–Mi madre lo hubiera envenenado si hubiera podido. Pero no quería perderme. Fue una tarde a la Medina. Su padre enfureció cuando le contó lo que sucedía. Lo mató delante de ella, con el atizador de la chimenea.

El frío había entrado en la habitación. Un frío extraño, inhabitual.

–Tengo frío –dijo Josephine al tiempo que se acariciaba los brazos y veía sus venas bombeando la sangre–. Entonces es el momento de desaparecer.

Abraham la cogió del codo, la abrazó, le dio todos los besos del mundo en uno solo. Ella se resistía a abrir los ojos, a dejarse deslumbrar por la luz reflejada por la superficie del mar.

–Jo, tú eres mi Joséphine Baker, tú eres mi Michèle Girardon. Tú y yo perseguimos rinocerontes, Josephine, tú y yo bailamos en un escenario frente a un público que no nos conoce. Llevas un collar de perlas que cuelga sobre tus pechos desnudos, y tu sonrisa es la más hermosa del mundo.

Cantó el almuédano. De alguna ventana abierta llegaba el sonido de una canción, *J'attendrai*, de Jean Sablon.

Josephine fue deshaciéndose en un hilo de vapor, un aire inconsistente como cualquier aire, pero con un alma en su interior. Cuando llegó al cuadro de Hopper, *Habitación de hotel*, sobre la alfombra verde se formaron unos pies descalzos, unas piernas desnudas y un camisón encarnado. En el regazo, sobre las rodillas, una mujer leía los horarios de la estación o la obra de teatro que se iba a representar.